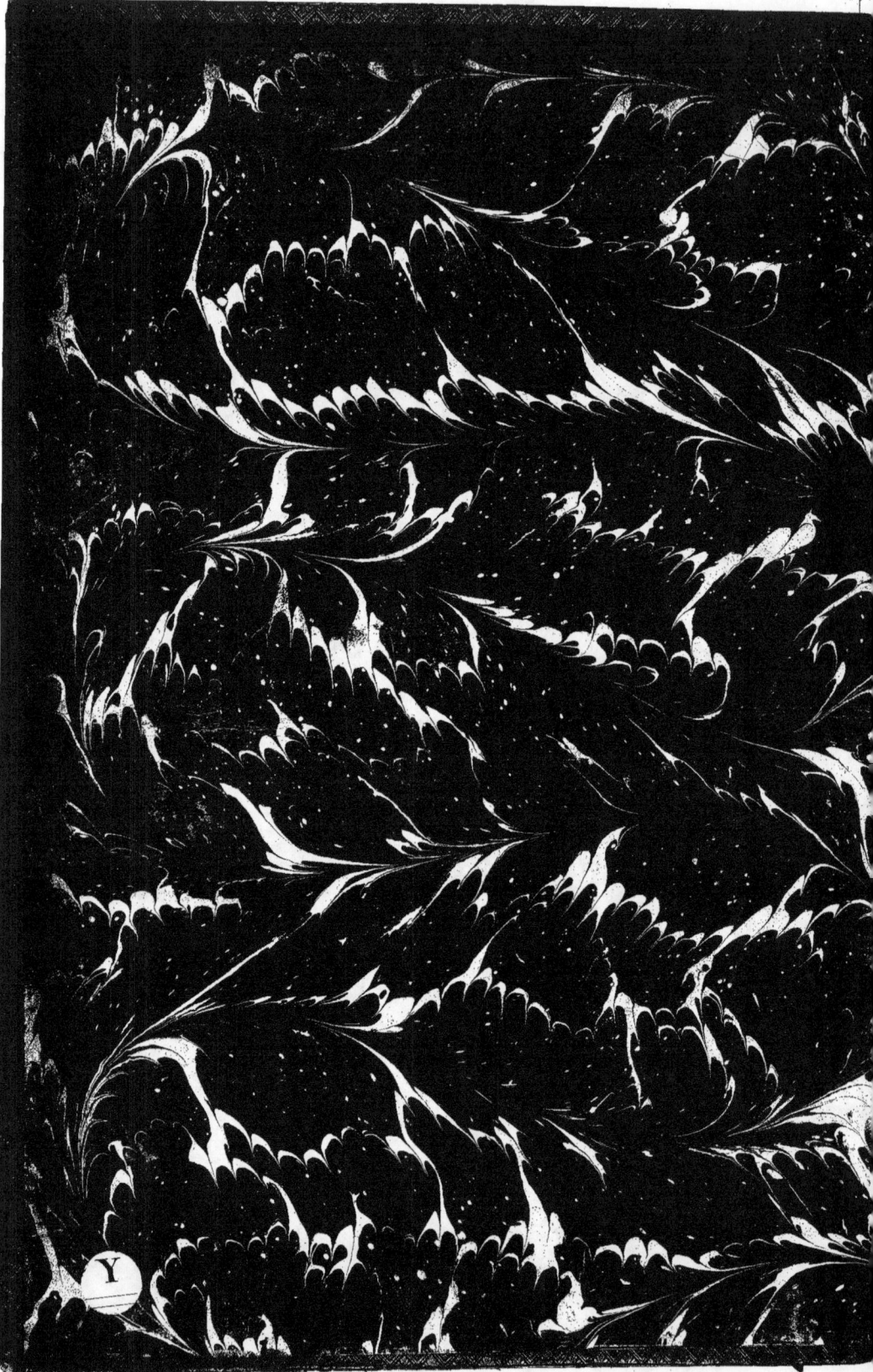

©

113

FABLES

CHOISIES.

TOME PREMIER.

Inventé par J.B. Oudry, terminé au burin par N. Dupuis, gravé à l'eau forte par C.N. Cochin le fils qui, d'après les originaux, a fait tous les traits, conduit et dirigé tout l'ouvrage.

FABLES

CHOISIES,

MISES EN VERS

PAR J. DE LA FONTAINE.

TOME PREMIER.

A PARIS,

Chez { DESAINT & SAILLANT, rue Saint Jean de Beauvais.
{ DURAND, rue du Foin, en entrant par la rue S. Jacques.

M. DCC. LV.
De l'Imprimerie de CHARLES-ANTOINE JOMBERT.

AU ROI.

SIRE,

L'accueil que VOTRE MAJESTÉ veut bien faire à cette édition, est une suite de la bienveillance de vos ayeux pour l'immortel La Fontaine, & des ij

*bienfaits dont il fut particulièrement honoré par le Duc
de Bourgogne votre Auguste Pere. Il manquoit encore
à ces Fables la protection de VOTRE MAJESTÉ,
& l'avantage de s'embellir des graces qu'elles reçoivent
aujourd'hui de la perfection qu'ont atteint les Arts.
C'est de votre regne glorieux qu'ils tiennent leur pro-
grès & l'ardeur qui les inspire : ils devoient donc à leur
tour en célébrer la gloire. Aussi l'annoncent-ils dans
tout ce qu'ils font ; & tandis que vos vertus, SIRE,
tracent à l'Europe le modèle d'un grand Roi, les
Arts enrichissent l'Univers d'une décoration nouvelle,
où la postérité n'admirera pas moins les monumens du
goût & la sagacité des talens, que la grandeur & la
sagesse du gouvernement qui les fit éclore. Puisse cette
édition consacrer ainsi les preuves de mon zéle, &
publier le profond respect avec lequel je suis,*

SIRE,

DE VOTRE MAJESTÉ,

Le très-humble, très-obéissant
& très-fidele serviteur & sujet,
DE MONTENAULT.

AVERTISSEMENT
DE L'ÉDITEUR.

Je me garderai bien de me vanter des peines, des foins, & des dépenfes immenfes aufquelles vient de m'expofer cette Édition. * Ce détail toujours ennuyeux pour le Public, ne donne aucune forte de mérite à un ouvrage ; & j'effrayerois ceux qui, féduits comme moi par le goût des Arts & par l'amour des Lettres, peuvent former des entreprifes glorieufes à la Nation. Je me contenterai de faire connoître les Artiftes fameux dont les pro- duâions & les talens ont formé cette Édition. Du refte, le mérite & l'exécution de cet Ouvrage apprendront de mes tra- vaux tout ce qu'il eft néceffaire d'en fçavoir, & tout ce que je fuis jaloux qu'on en fçache.

M. Oudry, Peintre du Roi, & Profeffeur de l'Academie Royale de Peinture, a compofé, dans le cours de plufieurs années, la fuite de deffeins qui accompagnent cette Édition. Ils font le fruit des études qu'il faifoit de la nature dans la bonne faifon des talens, dont il nous fait tous les jours admirer les produc- tions. Infatigable dans le travail, toujours occupé de fon art, il cherchoit dans ce temps un champ propre à exercer fes idées. Mais les bornes d'un tableau & la pratique lente de la peinture, ne fuffifoient pas au feu de fon génie & n'en rempliffoient pas affez rapidement l'activité ; il falloit à fes talens de plus amples fujets d'exécution. Les Fables de la Fontaine vinrent fatisfaire à cette efpece de befoin. Elles fournirent à fon imagination de quoi fe contenter dans ce vafte champ de payfages & d'animaux ; genre de travail où l'on fçait jufqu'à quel point il excelle. C'eft alors qu'il étudia ces Fables, & qu'il fçut fi bien s'approprier dans fes deffeins, les idées du Poëte, que l'on diroit

---

* Elle eft divifée en quatre volumes, contenant chacun trois Livres des Fables & les Eftampes qui y répondent. Elles font au nombre de 276, & ce premier volume en contient 71.

en quelque façon que la même Mufe s'eſt ſervie du crayon de M. Oudry pour nous les tracer d'une maniere auſſi poëtique qu'ingénieuſe & naturelle. Auſſi peut-on à juſte titre l'appeller lui-même, le La Fontaine de la Peinture; puiſque perſonne n'a mieux ſçû faire agir & parler les animaux qu'il l'a fait dans ſes tableaux, & particuliérement dans les deſſeins que nous annonçons. Ils étoient ſes récréations: il les compoſoit pour ſon propre plaiſir, & dans ces momens de choix & de fantaiſie où un Artiſte ſaiſit vivement les idées de ſon ſujet, & donne un libre eſſor à ſon génie. C'étoit ainſi qu'il ſe formoit, ſans y penſer, le répertoire & le recueil des compoſitions qui, dans la ſuite, ſont devenues les originaux de la plûpart des tableaux que le Public a admiré au Sallon de Peinture de l'Académie, & qui ſe trouvent répandus chez le Roi & dans les cabinets des Curieux. Telle eſt l'hiſtoire des deſſeins qui viennent ſe réunir aujourd'hui pour embellir cette Édition, pour intéreſſer les Arts, & pour donner en quelque ſorte un nouveau relief aux Fables de La Fontaine.

En effet, la Peinture a ſon ſtile & ſes expreſſions, ſouvent plus énergiques, & quelquefois plus promptes à ſe gliſſer dans l'ame, que celles de l'éloquence & de la poëſie. C'eſt, ſans doute, ce qui a introduit l'uſage ancien, & trop fréquent de nos jours, d'orner ſouvent ſans néceſſité la plûpart des livres de gravures bonnes ou mauvaiſes. Mais ſi des eſtampes faites avec ſoin, adapteés aux ſujets, ſont capables d'en rendre l'expreſſion, & d'augmenter l'agrément & l'utilité d'un ouvrage; j'oſe aſſurer que cet ornement ne fut jamais plus heureuſement ni mieux employé qu'aux Fables de La Fontaine. La morale y quitte ſon auſtérité pour amuſer les hommes par des leçons qui ne ſemblent deſtinées qu'à des enfans. Badine, enjouée, elle y tient par-tout le crayon à la main, pour tracer des tableaux agréables & ſéduiſans, à l'aide deſquels la raiſon ſe trouve ſurpriſe par les plaiſirs de l'imagination. La Fontaine avoit ſenti la néceſſité d'accompagner ſes Fables de deſſeins: & l'on ne voit aucune des Éditions publiées par ſes ſoins, qui ne ſoit parée de petites gravures analogues à chaque fujet. Mais il leur manquoit les talens & le pinceau de M. Oudry, feul capable d'exprimer le caractere des animaux, & de donner à leurs paffions ces couleurs & ces nuances qu'exigeoit la fiction.

De quelque mérite cependant que foient ces deffeins, ils euffent été ignorés du Public, fans le fecours de la gravure. Raffemblés dans un cabinet, ils euffent fait tout au plus les délices d'un jaloux curieux, fans augmenter la richeffe des Lettres ni celle des Arts. Cette collection, la plus curieufe & la plus confidérable qui foit connue d'aucuns Peintres, fe fut diffipée & détruite comme tant d'autres monumens du même genre, qu'Athenes & l'ancienne Grece réclament encore, & dont il ne nous refte que des defcriptions dans leurs Hiftoriens. M. Cochin * de l'Académie Royale de Peinture, & Garde des Deffeins du Roi, a bien voulu prévenir cet accident. Ses talens fupérieurs pour la gravure & pour le deffein font fi connus des Amateurs & des Curieux, que je craindrois d'en affoiblir l'éloge en m'arrêtant à les faire remarquer. C'eft lui qui s'eft chargé de graver & de faire graver fous fes yeux ces deffeins. Pour en venir à bout, il a fallu qu'il en fît de nouveaux d'après les originaux de M. Oudry, dans lefquels on pût difcerner diftinctement cette précifion de contours à laquelle les Peintres ne s'affujetiffent jamais dans la chaleur de leurs compofitions, & qui eft cependant indifpenfable à la perfection des gravures. Il ne falloit pas moins que fon fecours pour donner à celles-ci le degré de perfection qu'elles ont atteint, non feulement par la maniere dont les originaux font rendus, mais encore par la correction ajoutée aux figures qu'ils contiennent. Cette partie étoit négligée, & M. Oudry reconnoît lui-même le nouveau mérite qu'elle a acquis en paffant par les habiles mains de fon illuftre Confrere. En examinant la fuite d'eftampes que je préfente au Public, les connoiffeurs jugeront de ce que peut produire le concours de deux habiles Gens, incapables de cette baffe jaloufie qui fuit les talens médiocres, & qui, dans leurs travaux confondus, ne

---

* Cenfeur Royal, & Secrétaire perpétuel de l'Académie Royale de P. ture.

fentent point d'autre forte de rivalité, que cette émulation qui
tend à la perfection d'un ouvrage.

L'Impreffion de ces Fables n'a pas reçu de moindres attentions & de moindres fecours, non feulement de la part des gens
du métier les plus expérimentés, mais encore des Amateurs les
plus diftingués par leurs connoiffances. Je les nommerois, fi leur
mérite, leur goût pour les Arts, ne les rendoient auffi remarquables que le rang & les places diftinguées qu'ils occupent.
Ce que je viens d'en dire, eft le feul tribut de reconnoiffance
que je hafarderai ici ; fçachant bien que leur modeftie ne me
permet de prendre dans les éloges qui leur font dûs, que ce
qui peut intéreffer le Public pour cet ouvrage.

L'on y verra quelque chofe de neuf, quant à la gravure en
bois. Cet art ancien, trop négligé, & à l'aide duquel les premiers
Maîtres de la Peinture n'ont pas dédaigné de nous tranfmetre
leurs deffeins & leurs compofitions, femble ne fervir depuis
long-temps qu'à défigurer les plus belles éditions & à y intro-
duire un certain goût gothique qui tient de la barbarie des
premiers fiecles. Pour s'en fauver on eft obligé de recourir à la
taille douce & de lui faire remplacer, par des fecours étrangers
à la Typographie, les ornemens de la gravure en bois qui lui
font véritablement analogues & néceffaires, & dont l'effet & les
procédés font tout-à-fait différens. Mais, fans parler de l'embaras
& des différens inconvéniens de cet expédient ; cet affortiment
fingulier n'eft-il pas une forte de bigarrure qu'on peut critiquer
avec jufte raifon ? Chaque Art n'a-t-il pas fes beautés & fes perfections, fans qu'il foit néceffaire pour les faire valoir, de les
confondre les uns avec les autres ? L'on a donc crû devoir effayer
de faire produire à la gravure en bois tout ce qu'elle étoit capable de faire. Dans cette intention, l'on a choifi les fujets qui
pouvoient être le plus heureufement rendus. C'eft M. Bachelier *
très-habile Peintre en fleurs, qui en a fait les deffeins ; & c'eft
M. M. Le Sueur & Papillon qui en ont exécuté la gravure d'une

---

* De l'Académie Royale de Peinture & Sculpture, & Directeur, quant aux deffeins, de la
Manufacture Royale de porcelaine de Vincennes.

maniere à venger leur art du difcrédit dans lequel il tomboit. Voilà comment la partie Typographique de cet Ouvrage a été totalement féparée de celle des eftampes, afin que l'une & l'autre confervaffent, à part & entr'elles, cette uniformité & cette bonne harmonie qu'on doit toujours rechercher dans les ouvrages de goût, & dans les ouvrages précieux.

Pour imprimer celui-ci, tout compofé de fujets fouvent très-courts & féparés par des eftampes, il a fallu néceffairement multiplier les faux titres de chaque Fable, pour éviter le défaut & le défagrément d'ouvrir par-tout ce livre entre deux feuilles blanches. C'eft ce qu'auroient indifpenfablement occafionné les revers de deux planches placées vis-à-vis de leur Fable, & adof-fées l'une contre l'autre. L'on s'eft fervi d'autant plus volontiers de l'expédient de ces faux titres, qu'il n'eft point inufité, & qu'on ne pouvoit mieux faire pour fauver une difformité que l'on blâme dans quelques éditions remarquables.

Il manquoit à la tête de cet ouvrage, une vie de La Fontaine. Je me fuis hazardé de la compofer d'après tout ce que j'ai pû recueillir de fa mémoire, tant parmi les Auteurs fes contempo-rains, que d'après ceux qui méritent de la confiance & qui pou-voient être inftruits de plufieurs faits particuliers. * Je fens bien qu'il y a peut-être quelque efpece de témérité d'avoir entrepris cet ouvrage après les divers effais qu'en ont déja formé quelques Écrivains de mérite. Mais je voyois à regret qu'on n'avoit raffem-blé qu'une petite partie de ce qui regarde cet Homme célebre, & le plus digne d'être connu. Le zèle m'a donc emporté, & c'eft le motif d'indulgence que je reclame auprès des cenfeurs trop rigides qui voudroient blâmer cette entreprife. Je m'y fuis particuliérement attaché à la vérité, & à dépeindre La Fontaine

---

* Telles font parmi les fources que j'ai confultées, l'Hiftoire de l'Académie par M. Peliffon. Continuation de la même Hiftoire par M. l'Abbé d'Olivet. Les Hommes Illuftres du P. Niceron. Ceux de M. Perrault. Vie de La Fontaine par Lokman, en Anglois, imprimée à Londres, *in*-8°. en M. DCC. XLIV. Œuvres de S. Evremont. Mélanges de Littérature par Vigneul Marville. Mémoires fur la Vie de J. Racine. Œuvres diverfes de La Fontaine, à la Haye 1729. Lettres de Mad. de Sévigné. Mémoires de Littérature par le P. Defmolets. Vie de La Fontaine par M. Freron. Diction-naire de Morery. Hiftoire du Siecle de Louis XIV. par M. de Voltaire. Dictionnaire critique hifto-rique pour fervir de continuation à Bayle. Commentaires & remarques fur Boileau par Broffette. Bibliotheque de Cour. Hiftoire Littéraire du Regne de Louis XIV. par M. l'Abbé Lambert, &c.

tel qu'il étoit, & qu'il s'ignoroit lui-même. Du reſte, ſans
rechercher une vaine élégance de ſtyle, je me ſuis contenté de
lier les faits ſuivant leur ſuite & leurs rapports; eſtimant que je
ne pouvois trop mettre de ſimplicité dans la vie d'un Homme
qui fut la ſimplicité même.

Pour rendre cette Édition la plus complette & la plus parfaite
qu'il fut poſſible, j'ai conſulté ſcrupuleuſement preſque toutes
les Éditions qui ont été faites des Fables, & particuliérement
celles de 1668, 1678, & 1694, revûes par La Fontaine lui-
même, ou imprimées de ſon vivant. Elles m'ont ſervi à corriger
le texte, alteré par des mots & des vers retranchés ou ajoutés
mal-à-propos, & défiguré par une ponctuation vicieuſe qui
affoiblit ou qui détruit le ſens de cet Auteur dans la plûpart
des Éditions qui ont été faites juſqu'à préſent. Au ſurplus, je
n'ai pas cru pouvoir me permettre de rien ſupprimer des choſes
que La Fontaine a jointes à ſes Fables, quelques ſuperflues
qu'elles puiſſent paroître dans cette Édition. Tout ce qui nous
reſte de la plume de cet excellent Écrivain doit être regardé
comme un fruit précieux, bon juſqu'à l'écorce.

VIE
DE LA FONTAINE.

Le rang & les dignités ont souvent jetté de l'éclat sur de petits hommes qui possédoient de grands emplois. Les conseils qu'ils reçoivent, les secours étrangers qui leur viennent, le bonheur même d'une infinité de hazards, & la flaterie, s'empressent de déguiser leur juste valeur, & de lier leurs actions aux événemens de l'Histoire les plus remarquables. C'est ainsi que leur nom, soutenu des mains de la fortune & décoré d'une gloire qui leur fut absolument étrangére, parvient à s'échapper de l'oubli. Placés ailleurs, dépouillés de leurs titres & réduits à leurs propres forces, ils n'eussent peut-être rien laissé de singulier après eux que la mémoire de leur parfaite inutilité. Car ni l'importance des emplois, ni l'amas des circonstances les plus bruyantes, ne nous distinguent point parmi ceux qui pensent & qui sçavent juger. Pour bien connoître les hommes, c'est dans leur vie privée, dans leurs actions les plus simples & les plus naturelles, qu'il faut les prendre : c'est là qu'ils n'ont d'autres titres pour être tirés de la foule, que leurs vertus, leurs talens, & leur esprit. C'est là, c'est dans leur ame que résident les droits légitimes & personnels qu'ils ont à notre estime : tout le reste n'est point eux ; & dans ce sens, il n'est point de légers détails qui ne soient intéressans & qui ne caractérisent une partie essentielle de ce qu'ils font. C'est ce qu'a reconnu La Fontaine en nous donnant la vie d'Ésope. Je ne sçaurois mieux faire, en écrivant la sienne, que de suivre son exemple. En effet, soustraire les petites circonstances de la vie d'un Homme illustre, c'est à mon avis dérober un plaisir véritable aux Lecteurs curieux, & les priver des moyens les plus surs de bien démêler ce qu'il vaut.

C'est pourquoi j'ai tâché, en rejettant toutes puérilités, toutes anecdotes vulgaires, de recueillir la plûpart des choses que j'ai trouvées éparses en différentes sources, & qui m'ont paru les plus propres à peindre l'esprit & le caractere de ce grand Homme, dont la vie se rencontre par-tout sans être nulle part. *

* J'emploie ici l'expression dont se servit M. l'Abbé d'Olivet, de l'Académie Françoise, lorsque je le consultai sur le projet de donner une vie de La Fontaine ; & je m'en sers avec d'autant plus de reconnoissance, qu'en ayant lui-même composé une, très-succinte à la vérité, dont je me suis aidé, son jugement justifie la hardiesse & la nécessité de mon entreprise.

JEAN DE LA FONTAINE nâquit le 8 Juillet 1621, à Château-Thierry, ville de la Brie située sur la Marne. Son pere issu d'une ancienne famille bourgeoise, y exerçoit la charge de Maître particulier des Eaux & Forêts; & sa mere, Françoise Pidoux, étoit fille du Bailli de Coulommiers, petite ville à 13 lieues de Paris.

Son éducation ne fut ni brillante ni secondée des soins & de l'habileté qui font naître les talens. Mais la nature préserva la force des siens de l'affoiblissement, & peut-être de l'extinction, où ils auroient pû tomber par l'incapacité des maîtres de campagne, qui ne lui apprirent qu'un peu de latin. C'est tout ce qu'il dût aux premiéres instructions de sa jeunesse.

A l'âge de dix-neuf ans, il voulut entrer dans l'Oratoire, l'on ne sçait trop par quelle inspiration. Mais il n'avoit point consulté son caractere, qui commençoit à se décider, & qui l'éloignoit de tout assujétissement. Les regles & les exercices, en usage dans cette Congrégation, lui devinrent bientôt un pésant fardeau : son humeur indépendante ne put s'y plier; il en sortit dix-huit mois après.

Rentré dans le monde, sans choix d'occupations & sans aucune vûe particuliere, ses parens songerent à le produire. Son pere le revêtit de sa charge; on le maria avec Marie Hericart, fille d'un Lieutenant au Bailliage royal de la Ferté-Milon, qui joignoit à la beauté beaucoup d'esprit. Il n'eut, pour ainsi dire, point de part à ces deux engagemens: on les exigea de lui, & il s'y soumit plutôt par indolence que par goût. Aussi n'exerça-t-il sa charge pendant plus de vingt ans, qu'avec indifférence : & quant à sa femme, qui étoit d'une humeur impérieuse & fâcheuse, il s'en écarta le plus qu'il put, quoiqu'il fît cas d'ailleurs de son esprit, & qu'il la consultât sur tous les ouvrages qui lui donnerent d'abord quelque réputation. C'est elle qu'il a voulu dépeindre, dans sa nouvelle de Belfegor, sous le nom de *Madame Honesta :*

> *Belle & bienfaite, ...*
> *. . . . . . . mais d'un orgueil extrême ;*
> *Et d'autant plus que de quelque vertu*
> *Un tel orgueil paroissoit revêtu.*

Souvent les talens se développent par les inspirations que l'on reçoit dans la jeunesse. Le pere de La Fontaine aimoit passionnément les vers, quoiqu'il fût d'ailleurs incapable d'en juger, & plus encore d'en faire. Cette inclination lui étoit chere; il vouloit la voir renaître dans son fils qu'il ne cessoit d'exciter à l'étude de la Poësie. Mais ses instances redoublées n'avoient encore rien eu de séduisant pour le jeune La Fontaine. Insensible aux attraits qu'on lui vantoit, il avoit atteint sa vingt-deuxiéme année, fans donner le moindre figne d'un penchant qui devoit bientôt le captiver entiérement. Une rencontre imprévûe vint tout-à-coup le décider, & fit germer dans fon ame l'amour de la Poëfie que toutes les leçons & le goût particulier de fon pere n'avoient pû faire éclore. Un Officier alors en garnifon à Château-Thierry, lut un jour devant lui l'Ode de Malherbe qui commence par ces vers :

> *Que direz-vous, races futures,*
> *Si quelquefois un vrai difcours*
> *Vous récite les avantures*
> *De nos abominables jours ?*

Cette Ode lûe & déclamée avec emphafe, tranfporta La Fontaine, & fit en même temps développer en lui le goût & l'enthoufiafme des vers. * Malherbe dès cet inftant fut l'unique objet de fes délices : il le lifoit, il l'étudioit fans ceffe ; & non content de l'apprendre par cœur, il alloit jufques dans les bois en déclamer les vers. Il fit plus, il voulut l'imiter ; & comme il nous l'apprend lui-même dans une épitre à M. Huet, les premiers accens de fa lyre furent montés fur le ton & fur l'harmonie des vers de ce Poëte.

> *Je pris certain Auteur autrefois pour mon maître ;*
> *Il penfa me gâter : à la fin, grace aux Dieux,*
> *Horace par bonheur me défilla les yeux.*
> *L'Auteur avoit du bon, du meilleur, & la France*
> *Eftimoit dans fes vers le tour & la cadence.*
> *Qui ne les eut prifés ? J'en demeurai ravi . . . .*
> *Mais ces traits ont perdu quiconque l'a fuivi.*

C'eft ainfi que débuta La Fontaine ; & c'eft ici, à proprement parler, la naiffance du talent fupérieur qu'on ne peut fe laffer d'admirer dans fes ouvrages, & qui les fera paffer à la poftérité la plus reculée. Heureufement, comme il le dit, le charme ceffa ; il ne s'en tint point à Malherbe. Glorieux de fes premieres productions, il voulut en avoir des témoins pour en jouir davantage. Son pere fut le premier qui les vit, & le bon homme en pleura de joie. Flatté de ce premier fuccès, il fut chercher encore l'approbation d'un de fes parens nommé Pintrel, Procureur du Roi au Préfidial de Château-Thierry, homme de bon fens, qui n'étoit

---

* C'eft alors qu'il eût pû s'appliquer la furprife de Perfe :
> *Nec fonte labra prolui caballino :*
> *Nec in bicipiti fomniaffe Parnaffo*
> *Memini, ut repenté fic Poëta prodirem.*

Perf. prolog. vers 1. 2. 3.

point fans goût, & qui cultivoit même les lettres. * Mais celui - ci examinant les chofes de plus près, loua d'abord fes effais; l'interrogea fur les
routes qu'il fuivoit; joignit les confeils aux louanges, & voulut en lui
infpirant des principes plus folides, le guider dans la carriere où il alloit
fe livrer. Il lui mit entre les mains, Horace, Virgile, Térence, Quintilien, comme les vraies fources du bon goût & de l'art d'écrire. La
Fontaine fuivit ces avis avec d'autant plus de docilité qu'il ne tarda pas à
fentir ces beaux traits d'une élégance fimple & noble dont Malherbe s'éloignoit autant par une ardeur inconfidérée de génie, que par une étude trop
recherchée d'harmonie, d'expreffions ampoulées & d'ornemens fuperflus.

A ces livres, il joignit la lecture de Rabelais, de Marot, & de l'Aftrée
de Durfé, feuls auteurs François qu'il affectionnât. Ils étoient en effet,
chacun dans leur efpece, très-propres à nourrir & à fortifier la trempe
d'efprit de La Fontaine, ainfi que le genre de compofition auquel fon
goût & fon penchant le déterminoient plus particulierement. Rabelais
lui infpiroit l'enjouement ingénieux qui devoit animer fes compofitions. Marot, qui lui fervit de modele, en préparoit le ftyle; & l'Aftrée
de Durfé broyoit, pour ainfi dire, dans fon imagination les couleurs
riantes & variées de ces images champêtres, qu'il a fi bien rendues &
qui lui font fi familieres. Quant aux autres Auteurs François, il en lifoit
peu, *fe divertiffant mieux*, difoit-il, *avec les Italiens*. Auffi lût-il & relût-il
l'Ariofte & Bocace qu'il aima finguliérement, & qu'il fçut fi bien s'approprier, qu'en les imitant, il a furpaffé ces modeles. Enfin, il fit fes
délices de Platon & de Plutarque. L'affortiment de ces deux auteurs à ceux
qu'avoit choifi La Fontaine, & qui nous indique le caractere fingulier de
fon génie, paroît d'abord avoir quelque chofe de bizarre. Mais l'on doit en
être d'autant moins furpris, qu'un homme d'un d'efprit original fçait tout
mettre à profit; & que du fein de la gravité même, fortent fouvent ce fel &
ces penfées vraies & ingénieufes, qui font l'ame de la badinerie & de l'enjouement, & fans lefquelles toute compofition languit. Auffi La Fontaine
avoit-il étudié ferieufement ces deux Auteurs, dont il avoit noté par-tout
les maximes de morale ou de politique qu'il a femées dans fes Fables.
C'eft ce qu'a remarqué l'un de fes fucceffeurs à l'Académie**, fur les exem-
plaires de Platon & de Plutarque, qui avoient appartenus à La Fontaine.

Dès lors, livré aux Lettres, & d'un caractere auffi libre qu'indépendant,
il s'abandonnoit tout entier à fon goût & à fon penchant, fans fe reffentir
des diftractions de fon état & de fes engagemens, lorfqu'une petite aven-

---

* On a de lui une traduction des Épitres de Séneque, imprimée à Paris en 1681, que La
Fontaine eut foin de donner au Public après fa mort.
** M. l'Abbé d'Olivet. Voyez l'Hiftoire de l'Académie, Tome 2. Edit. 1743. p. 314. &c.

ture parut troubler cette profonde indifférence. Un Capitaine de Dragons nommé *Poignan*, retiré à Château-Thierry, vieux militaire, par conséquent homme d'habitude, avoit pris en affection la maison de La Fontaine, & confommoit auprès de fa femme le loifir & l'ennui qu'il ne fçavoit où porter. Cet Officier n'étoit rien moins que galant, & fon âge autant que fon humeur, pouvoit mettre à l'abri des ombrages, un mari même foupçonneux & jaloux. Cependant, foit par malignité, foit pour s'en divertir; on en fit de mauvais rapports à La Fontaine. Son caractere fimple & crédule ne lui permit point de rien examiner, de rien approfondir : il écouta tous les difcours, & crut même que fon honneur exigeoit qu'il fe battit avec Poignan. Saifi de cette idée, il part dès le grand matin, arrive chez fon homme, l'éveille, le preffe de s'habiller & de fortir avec lui. Poignan furpris de cette faillie, & n'en prévoyant pas le but, le fuit. Ils arrivent dans un endroit écarté, hors des portes de la ville, *je veux me battre avec toi*, lui dit La Fontaine, *on me l'a confeillé :* & après lui en avoir expliqué les raifons, La Fontaine fans attendre la réponfe de Poignan, met l'épée à la main, & le force d'en faire de même. Le combat ne fut pas long. Poignan, fans abufer des avantages que l'exercice des armes pouvoit lui avoir donné fur fon adverfaire, lui fit fauter d'un coup l'épée de la main, & en même temps fentir le ridicule de fon cartel. Cette fatisfaction parut fuffifante à La Fontaine : Poignan le ramena chez lui, où ils acheverent, en déjeunant, de s'entendre mieux & de fe reconcilier.*

Les ouvrages de La Fontaine acquéroient déjà de la célébrité; lorfque la fameufe Ducheffe de Bouillon, niéce du Cardinal Mazarin, fut exilée à Château-Thierry. Elle joignoit à l'affemblage heureux des graces de fon fexe un efprit badin, délicat, enjoué & cultivé. Curieufe des talens, fur-tout éprife de goût pour le genre d'écrire qu'avoit embraffé La Fontaine, elle s'empreffa de le connoître & de l'accueillir. Le Poëte ne fut pas infenfible à fes avances : il lui fit affidûment fa cour; & le defir de lui plaire, échauffé par les charmes de la Ducheffe, lui infpira cette gaieté libre & badine à laquelle on prétend que nous devons les plus aimables de fes Contes.

Lorfque Madame la Ducheffe de Bouillon fut rappellée de fon exil, elle emmena La Fontaine à Paris. Cette ville fameufe qui raffemble tant de

---

* M. Racine le fils, dans les Mémoires qu'il a donnés fur la vie de fon Pere, imprimés à *Laufanne* & à *Geneve* en 1747, p. 258, 259, 260, raconte ce fait à peu près de la même maniere : mais il ajoute qu'après ce combat, comme Poignan proteftoit de ne plus remettre les pieds chez lui, puifque cela avoit pû lui donner quelque inquiétude, La Fontaine lui repartit en lui ferrant la main, *au contraire, j'ai fait ce que le Public vouloit; maintenant je veux que tu vienne chez moi tous les jours, fans quoi je me battrai encore avec toi.*

beaux efprits; où les talens fe développent, & fe communiquent une chaleur réciproque; où le vrai mérite peut briller de tout fon éclat; cette Capitale, dis-je, avoit de puiffants attraits pour La Fontaine. Auffi ne laiffoit-il échapper aucune des occafions qui pouvoient l'y conduire. C'étoit ordinairement lorfqu'il étoit excédé des humeurs de fa femme. Alors fans aigreur, fans reproches, il partoit, & reftoit à Paris autant que fes facultés pouvoient le lui permettre. Mais fon peu d'arrangement dans fes affaires domeftiques, & la mauvaife œconomie de fa femme, ne lui permettoient pas fouvent d'y faire un long féjour. L'un & l'autre fembloient être d'accord pour diffiper un patrimoine honnête & fuffifant pour leur condition : & c'eft peut-être le feul cas où ces époux ayent marqué le plus d'intelligence.

A fon arrivée à Paris, La Fontaine y fit rencontre d'un de fes parens nommé *Jannart*, favori de M. Fouquet Sur-Intendant des Finances, & pour lors dans la plus grande faveur. La Fontaine profita de cette rencontre, & de l'accès que fa réputation, déja répandue, pouvoit lui donner auprès de ce Miniftre. Il lui fut préfenté; il lui plût; & pour rendre fa fituation plus aifée, M. Fouquet lui fit une penfion. * La reconnoiffance que La Fontaine conferva de ce bienfait, eft confacrée par différentes pieces de vers inférées dans l'édition de fes œuvres pofthumes, imprimées à Paris *in* 8° 1729, où l'on voit, qu'indépendamment de l'attention qu'il eut de faire fa cour à Monfieur & à Madame Fouquet, il eut la généreufe hardieffe de faire éclater fes plaintes & fes regrets fur la difgrace de ce Miniftre, arrivée en 1661, dans un temps où la colere du Roi & la prévention du Public ne permettoient guères une franchife fi courageufe. Quant à Jannart, qui fut enveloppé dans la difgrace de fon maître, La Fontaine incapable d'abandonner fon ami, le fuivit dans fon exil à Limoges.

A fon retour de Limoges d'où Jannart fut bientôt rappellé, La Fontaine fut gratifié d'une charge de Gentilhomme chez la célébre Henriette d'Angleterre, premiere femme de *Monfieur*. Mais il ne jouit pas longtemps de cette pofition brillante, ni des efpérances de fortune qu'elle pouvoit lui promettre. La mort précipitée de cette Princeffe les fit prefque auffi-tôt évanouir.

---

* La Fontaine en tenoit compte à M. Fouquet, par une autre penfion de vers qu'il lui payoit exactement par quartier. C'eft en fe préparant à cette forte de payement qu'il dit dans une épitre à un de fes amis :

> Pâques, jour faint, veut autre poëfie ;
> J'envoirai lors, fi Dieu me prête vie,
> Pour achever toute la penfion,
> Quelque Sonnet plein de dévotion.
> Ce terme là, pourroit être le pire,
> On me voit peu fur tels fujets écrire,

Cependant fes poëfies lui avoient acquis de puiffans & généreux Pro‑
teéteurs, à la tête defquels étoient *Monfieur*, M. le Prince de Conti, M. de
Vendôme, Mefdames de Bouillon & de Mazarin. Madame de la Sabliere *
fur-tout, femme d'efprit & d'un mérite rare, le rechercha plus particu‑
liérement encore. Elle connoiffoit l'indifférence de La Fontaine non feu‑
lement fur ce qui pouvoit concerner en gros fa fortune, mais encore
fur tous les menus détails de fon entretien perfonnel. Elle eut la géné‑
rofité de l'attirer chez elle, & de le difpenfer des foins qu'il étoit incapable
de prendre.

La Fontaine jufques-là ne s'étoit foutenu à Paris que par les bienfaits
des Proteéteurs dont je viens de parler. Mais ces fecours, comme on le
fent, venoient de loin en loin, & n'avoient rien de reglé. Il n'étoit
pas homme à calculer fes befoins ; auffi fe trouvoit-il fouvent dans l'em‑
barras. Il n'en étoit pas plus émû, & lorfque les reffources lui manquoient,
il s'en alloit à Château-Thierry ** vendre quelque portion d'héritage qu'il
revenoit auffi-tôt diffiper à Paris fans prévoir la néceffité future, ni s'in‑
quiéter de la diminution vifible de fon patrimoine.

Chez Madame de la Sabliere, il profita de la compagnie & des entre‑
tiens de Bernier, dont il prit de bonnes leçons de Phyfique. Son dévoue‑
ment aux Lettres, le rendoit jaloux de l'amitié de tous les grands Hommes
de fon fiécle. Il les connoiffoit, il les recherchoit avec empreffement,
& faififfoit toutes les occafions de s'inftruire, foit par leurs converfations,
foit en participant à leur étude & à leurs connoiffances. Il vifitoit fou‑
vent Racine ; ils faifoient enfemble de fréquentes leétures d'Homere &
des autres Poëtes Grecs dans la verfion latine, car La Fontaine n'enten‑
doit point leur langue.. Tous les deux à portée de fentir & de connoître
les beaux morceaux qu'ils rencontroient ; ils les examinoient, fe commu‑
niquoient leurs remarques & leurs réflexions. La Fontaine fur-tout s'affec‑
tionnoit finguliérement des beaux traits qui l'avoient une fois frappé.
Son ame alors fe rempliffoit d'une efpece d'enthoufiafme qui, pendant
plufieurs jours, s'emparoit de fon efprit au point de lui ôter la liberté de
s'occuper de tout autre objet : il y rêvoit fans ceffe, il en parloit de même.
C'eft ainfi, rapporte-t-on, que s'étant un jour laiffé conduire à Ténebres
par Racine, & que s'ennuiant de la longueur de l'Office, il fe mit à lire
dans un volume de la Bible qui contenoit les petits Prophêtes. Il étoit
tombé par hazard fur la priere des Juifs dans Baruch, lorfque fe retour‑

---

* Elle aimoit la Poëfie & la Philofophie, mais fans oftentation. C'eft pour elle que Bernier, qui
demeuroit chez elle, fit l'abrégé de Gaffendi.

** Il faifoit ordinairement ce voyage tous les ans vers le mois de Septembre, accompagné de
Boileau, Racine, Chapelle, ou de quelques autres amis.

nant tout à coup vers Racine : *qui étoit ce Baruch ?* lui dit-il, *ſçavez-vous que c'eſt un beau génie ?* Pendant pluſieurs jours il fut continuellement occupé de Baruch, & ne ſe laſſoit point de demander à tous ceux qu'il rencontroit : *avez-vous lû Baruch ? C'étoit un grand génie.* Ce trait qui dans tout autre indiqueroit une ſotte ſurpriſe, caractériſe la préoccupation naturelle dont l'eſprit de La Fontaine étoit ſuſceptible, & la forte impreſſion qu'il recevoit des objets ſur leſquels il avoit une fois fixé ſon eſprit.

Mais ce qu'il y a de ſurprenant, c'eſt que ce même homme ſi négligent dans ſes affaires & dans ſes dehors, ſi incapable de tous ſoins de fortune, de toutes vûes politiques, étoit d'un conſeil excellent & ſûr pour tous ceux qui, dans quelque ſituation difficile, venoient lui confier leurs peines. Inſenſible pour tout ce qui le regardoit, il s'attendriſſoit à la vûe des malheureux; il adoptoit, pour ainſi dire, l'état & l'embarras de ceux qui étoient dans l'infortune, ou dans l'incertitude inquiéte de la conduite qu'ils devoient tenir en certains cas qui pouvoient décider de leur ſort : il trouvoit des expédiens heureux, & leur donnoit les meilleurs conſeils. C'étoient les ſeules occaſions où l'on peut dire qu'il ſortoit de lui même.

Toujours plongé dans quelque méditation, où il étoit comme abſorbé, on le voyoit dans une diſtraction prodigieuſe, ne ſçachant ſouvent ni ce qu'on diſoit dans une converſation, ni ce qu'il y diſoit lui-même; à moins qu'il ne ſe trouvât familiérement à table avec des perſonnes de ſa connoiſſance, & qu'on y traitât quelque ſujet agréable & de ſon goût. Alors ſa contenance & les traits de ſa phyſionomie qui, dans toute autre occaſion, n'annonçoient rien moins qu'un homme d'eſprit, ſe paroient des graces de ſon génie ; ſes yeux s'animoient, parloient le langage de ſes idées; il diſoit tout ce qu'il vouloit, & le diſoit ſi bien qu'il enchantoit les oreilles les plus délicates. C'eſt à ces inſtans agréables, dont il ne s'eſt jamais aperçu lui-même, qu'il devoit l'empreſſement qu'ont eu les perſonnes les plus diſtinguées de la Cour & de la ville, de jouir de ſa converſation & de l'admettre à leur table. Mais l'on doit bien s'apercevoir par ce que j'ai déjà tracé de ſon caractere, qu'il ne donnoit pas indifféremment par-tout la même ſatisfaction ni le même plaiſir. Témoin l'aventure rapportée par Vigneul Marvile *.

» Trois de complot, dit-il, par le moyen d'un quatriéme qui avoit » quelque habitude auprès de cet homme rare, nous l'attirâmes dans un » petit coin de la ville, à une maiſon conſacrée aux Muſes, où nous lui » donnâmes un repas, pour avoir le plaiſir de jouir de ſon agréable entre » tien. Il ne ſe fit point prier; il vint à point nommé ſur le midi. La com-

---

* Dans ſes Mélanges de Littérature. T. 2, p. 354.

» pagnie étoit bonne, la table propre & délicate, & le buffet bien garni.
» Point de complimens d'entrée, point de façons, nulle grimace, nulle
» contrainte. La Fontaine garda un profond filence; on ne s'en étonna
» point, parce qu'il avoit autre chofe à faire qu'à parler. Il mangea comme
» quatre, & bût de même. Le repas fini, on commença à fouhaiter qu'il
» parlât; mais il s'endormit. Après trois quarts d'heure de fommeil il revint
» à lui. Il vouloit s'excufer fur ce qu'il avoit fatigué. On lui dit que cela
» ne demandoit point d'excufe, que tout ce qu'il faifoit étoit bien fait.
» On s'approcha de lui, on voulut le mettre en humeur & l'obliger à
» laiffer voir fon efprit; mais fon efprit ne parut point, il étoit allé je ne
» fçais où, & peut-être alors animoit-il ou une grenouille dans les marais,
» ou une cigale dans les prés, ou un renard dans fa taniere; car durant
» tout le temps que La Fontaine demeura avec nous, il ne nous fembla
» être qu'une machine fans ame. On le jetta dans un carroffe, où nous lui
» dîmes adieu pour toujours. Jamais gens ne furent plus furpris, & nous
» nous difions les uns aux autres: comment fe peut-il faire qu'un homme
» qui a fçu rendre fpirituelles les plus groffieres bêtes du monde, & les
» faire parler le plus joli langage qu'on ait jamais oui, ait une converfa-
» tion fi feche & ne puiffe pas pour un quart d'heure faire venir fon efprit
» fur fes levres, & nous avertir qu'il eft là.

Une autre fois, étant invité à dîner dans un de ces endroits où le maître
de la maifon préfente un homme d'efprit aux convives, comme un des
mêts de fa table; il mangea beaucoup, & ne dit môt. Comme il fe reti-
roit de table de fort bonne heure, fous prétexte de fe rendre à l'Académie;
on lui repréfenta qu'il avoit très-peu de chemin à faire : *je prendrai le*
plus long, répondit La Fontaine, & le voila parti. *

Il s'avifoit rarement d'entamer la converfation; & comme il étoit prefque toujours préoccupé, il y plaçoit fouvent des idées ou des réflexions
bizarres & fingulieres, auxquelles on ne s'attendoit guères. Il étoit un jour
chez M. Defpreaux avec plufieurs perfonnes d'une érudition diftinguée;
Racine, entr'autres, & Boileau le Docteur. On y parloit depuis long-temps
de S. Auguftin & de fes ouvrages; mais La Fontaine tranquille & filentieux
n'avoit point encore pris part à cette converfation, lorfque s'éveillant tout
à coup au nom de S. Auguftin, *croyez-vous*, s'écria-t-il, en s'adreffant à
l'Abbé Boileau, *que S. Auguftin eut plus d'efprit que Rabelais?* Le Docteur
interdit de la queftion, & le parcourant des yeux avec furprife : *prenez-*

---

* C'étoit chez M. Laugeois d'Imbercourt, Fermier général, où M. Freron prétend qu'il *fit fi*
bonne chère avec fi peu de dépenfe d'efprit. M. Racine le fils, dans les Mémoires qu'il a donné fur
la vie de fon pere, dit que c'étoit chez M. le Verrier. Voyez le Tome premier de ce Livre,
page 257.

e

garde, répondit-il, *Monsieur de La Fontaine, vous avez un de vos bas à l'envers*, ce qui étoit vrai.

Le bruit ni les discours ne pouvoient troubler la léthargie apparente de ses méditations. Il étoit aussi difficile de l'en retirer, que d'interrompre dans sa conversation le fil des idées dont il étoit une fois animé. Dans un repas qu'il fit avec Moliere & Despreaux, où l'on disputoit sur le genre dramatique ; il se mit à condamner les *à parte. Rien*, disoit-il, *n'est plus contraire au bon sens. Quoi ! le parterre entendra ce qu'un Acteur n'entend pas, quoiqu'il soit à côté de celui qui parle !* Comme il s'échauffoit en soutenant son sentiment de façon qu'il n'étoit pas possible de l'interrompre & de lui faire entendre un mot : *Il faut*, disoit Despreaux à haute voix, tandis qu'il parloit ; *il faut que La Fontaine soit un grand coquin, un grand maraut*, & repétoit continuellement les mêmes paroles, sans que La Fontaine cessât de disserter. Enfin l'on éclata de rire ; sur quoi revenant à lui comme d'un rêve interrompu : *de quoi riez-vous donc ?* demanda-t-il : *comment*, lui répondit Despreaux, *je m'épuise à vous injurier fort haut, & vous ne m'entendez point, quoique je sois si près de vous, que je vous touche ; & vous êtes surpris qu'un Acteur sur le théâtre n'entende point un à parte, qu'un autre Acteur dit à côté de lui ?*

C'étoit ainsi que Racine & Despreaux, avec lesquels il étoit extrêmement lié, s'amusoient quelquefois à ses dépens. Aussi l'appelloient-ils le *Bonhomme ;* quoiqu'ils connussent bien d'ailleurs tout ce qu'il valoit. Une fois, entr'autres, qu'ils étoient à souper chez Moliere, avec Descoteaux célèbre joueur de flûte ; La Fontaine y parut plus rêveur & plus concentré en lui-même qu'à l'ordinaire. Pour le tirer de sa distraction, Despreaux, & Racine qui étoit naturellement porté à la raillerie *, se mirent à l'agacer par différents traits plus vifs & plus piquans les uns que les autres. Mais La Fontaine ne s'en déconcerta point. Ils avoient cependant poussé si loin la raillerie, que Moliere touché de la patience & de la douceur de La Fontaine, ne put s'empêcher d'en être piqué pour lui, & de dire à Descoteaux, en le tirant à part au sortir de table, *nos beaux esprits ont beau se trémousser, ils n'effaceront pas le Bon-homme.*

La plûpart de ses actions n'étoient ni préméditées, ni suivies : le hazard en produisoit une partie, & l'autre étoit l'ouvrage des inspirations d'autrui. Lorsque Madame de La Fontaine se fut retirée à Château-Thierry, Racine & Despreaux représenterent à notre Poëte que cette séparation n'étoit pas décente & ne lui faisoit point honneur. Ils lui conseillerent un raccom-

---

* M. de Valincourt remarque qu'il avoit l'esprit porté à la raillerie, & même à une raillerie amère. Voyez les *Mémoires* sur la vie de Jean Racine, pages 192, 193, 194, &c. T. I.

modement. La Fontaine, fans délibérer, partit. Il fe rendit en droiture chez fa femme : mais le domeftique de la maifon qui ne le connoiffoit point, lui dit que Madame de La Fontaine étoit au Salut. Ennuyé d'attendre, il fut voir un de fes amis qui le retint à fouper & à coucher. La Fontaine bien régalé, oublia fa miffion ; & fans fonger à fa femme, fe remit le lendemain dans la voiture publique, & revint à Paris. Ses amis, en le voyant, s'emprefferent de lui demander le fuccès de fon voyage : *J'ai été pour voir ma femme*, leur dit-il, *mais je ne l'ai point trouvée ; elle étoit au Salut.*

L'amour des Lettres eft fouvent un vainqueur impérieux qui domine fur les fentimens les plus naturels. Lorfque l'efprit eft une fois livré à cet amour, les autres facultés de l'ame, languiffantes, femblent être arrêtées à ce charme puiffant, & devenir indifférentes pour les objets extérieurs. La Fontaine faifi par cet enchantement, étoit non feulement incapable des converfations ordinaires, ainfi que le grand Corneille, la Bruyere, Rouffeau, Malbranche &c ; mais fon indifférence alloit jufqu'à l'oubli de lui-même & des objets qui le regardoient de plus près. Il eut un fils en 1660 * qu'il garda fort peu de temps auprès de lui. M. De Harlay, depuis Premier Préfident, l'avoit adopté, & s'étoit chargé de fon éducation & de fa fortune. Il y avoit déja plufieurs années que La Fontaine l'avoit perdu de vûe, lorfqu'on les fit rencontrer dans une maifon où l'on vouloit jouir du plaifir de la furprife du pere. La Fontaine, en effet, ne fe douta point que ce fut fon fils. Il l'entendit parler ; & témoigna à la compagnie qu'il lui trouvoit de l'efprit & de très-bonnes difpofitions. L'on faifit ce moment pour lui dire que c'étoit fon fils ; mais fans en être plus ému : *ah !* répondit-il, *j'en fuis bien aife.*

Cette indifférence alloit en lui jufqu'à l'infenfibilité. Un jour Madame de Bouillon allant à Verfailles, le rencontra le matin qui rêvoit feul fous un arbre du Cours. Le foir en revenant, elle le retrouva dans le même endroit, & dans la même attitude, quoiqu'il fît très-froid, & qu'il n'eût ceffé de pleuvoir toute la journée. **

C'eft ainfi que travailloit fouvent La Fontaine : tous les endroits lui étoient bons & indifférens. Il n'eut jamais de cabinet particulier, ni de bibliothéque. La vaine recherche des commodités, la manie de certains arrangemens, la fymmétrie étudiée des ornemens, la compofition & le

---

* Mort en 1722. De ce fils font iffus un garçon & trois filles, qui font encore exiftans.

** Ce n'eft pas dans une pofition femblable qu'Horace eut dit :
. . . . *hæc ego mecum*
Compreffis agito labris. Ubi quid datur oti,
Illudo chartis . . . .
Horat. Sat. IV. v. 137, &c.

choix d'un appartement ; toutes ces chofes, devenues fouvent l'inquiétude
& le tourment de quelques perfonnes d'efprit, ne vinrent jamais piquer
fon goût, ni troubler fa tête. La feule décoration qui lui vint en fantaifie,
fut celle d'environner l'intérieur d'un cabinet de toutes les figures, en
plâtre & en terre cuite, des anciens Philofophes qu'il pût raffembler ou
faire jetter en moule. Cet affemblage le divertiffoit : il appelloit ce réduit
la chambre des Philofophes. *

Le célébre Lully natif de Florence, fe mit un jour en tête d'avoir un
Opéra de lui. Il fut le trouver, le cajola, & le berça fi bien des promeffes
les plus flatteufes, qu'il parvint à fon but. Lully étoit ardent, impatient ;
& fon activité ne permit point à La Fontaine de s'endormir. Il l'obfédoit
fans ceffe, foit pour des difpofitions toujours nouvelles de quelques fcenes ;
foit pour des alongemens ou racourciffemens de certains vers, foit enfin
pour des changemens qui varioient chaque jour au gré de fes caprices. Cet
ouvrage étoit enfin fini, lorfqu'au bout de quatre mois de perfécution, Lully,
fans mot dire, abandonna La Fontaine & fon Opera, pour adopter celui
d'Alcefte de Quinault, qu'il mit en mufique, & qui fut joué à Saint Germain
devant la Cour. La Fontaine, auffi fenfible à la perte de fon temps & de fon
loifir, qu'au mépris du Muficien, ne put fe refufer à l'indignation qu'infpira ce procédé à tous fes amis. C'eft à leur follicitation qu'il compofa le
morceau plein de fel intitulé *le Florentin,* qu'on trouve dans fes œuvres
pofthumes, & dans lequel en parlant du mauvais tour de Lully, il peint
ainfi fon caractere :

> . . . . . . *Il me fit travailler.*
> *Le Paillard s'en vint réveiller*
> *Un enfant des neuf Sœurs, enfant à barbe grife,*
> *Qui ne devoit en nulle guife*
> *Etre dupe ; il le fut, & le fera toujours :*
> *Vienne encore un trompeur, je ne tarderai guères. &c.*

Incapable de haine, ou de conferver long-temps le reffentiment des
injures, il ne tarda pas à être fâché d'avoir écrit contre Lully. C'eft ce qu'on
voit dans une de fes épitres à Madame de Thiange, où parmi les excufes
qu'il emploie, & en parlant des confeils qui lui avoient été donnés, il dit :

> *Les confeils. Et de qui ? du Public ; c'eft la ville,*
> *C'eft la Cour, & ce font toutes fortes de gens,*
> *Les amis, les indifférens,*
> *Qui m'ont fait employer le peu que j'ai de bile.*
> *Ils ne pouvoient fouffrir cette atteinte à mon nom.*
> *La méritois-je ? on dit que non.*

---

* Voyez une Lettre de lui à M. de Bonrepaux, du 31 Août 1687, inférée parmi les œuvres de
Saint-Evremont.

C'eſt le ſeul reſſentiment qu'il eut dans ſa vie. Son humeur tranquille & débonnaire le rendoit inſenſible à toutes les petites délicateſſes qui heurtent la vanité & qui bleſſent l'amour propre de la plûpart des hommes. On eût dit qu'il étoit incapable de ſentir même la raillerie piquante: on en a déja vû quelques exemples. Auſſi ſes amis avoient-ils le droit de lui faire, ou de lui dire tout ce qu'ils vouloient: jamais il ne s'en fâchoit. Il ſouffroit aiſément leur mauvaiſe humeur, & ne leur tenoit que des propos obligeans, même dans les occaſions où la patience peut échapper aux plus modérés. Le peu d'eſtime qu'il avoit de lui-même, ſon humilité naturelle, capable de faire honneur à la dévotion & à la piété même qu'il n'avoit pas, lui déroboient la connoiſſance de ſon mérite & de la ſublimité de ſes talens. Ses productions étoient les fruits d'un génie aiſé; elles couloient tellement de ſource & lui coûtoient ſi peu d'effort, qu'il ne faiſoit pas plus d'attention à ce qu'elles valoient, qu'il en faiſoit à ce qui le regardoit lui-même. Perſonne n'ignora plus que lui l'eſtime dont il étoit digne: auſſi étoit-il de tous les hommes le moins propre à faire remarquer qu'il la méritoit. Il regardoit l'induſtrie qu'il eût fallu pour cela, comme une peine, ou comme un ſoin qui ne le concernoit pas, & qui n'étoit que l'affaire des autres. C'étoit en vain qu'à table ou dans un cercle, on auroit attendu de lui quelque propos ou quelque récit qui répondît à la licence répandue dans une bonne partie de ſes ouvrages. Perſonne n'étoit ni plus retenu devant les femmes qu'il aimoit & qu'il reſpectoit beaucoup, ni plus réſervé & plus circonſpect dans les converſations même les plus familiéres & les plus libres. Lorſqu'il étoit obligé d'aller dans quelques compagnies où l'on exigeoit le récit de quelques Fables, ou de quelques Contes, il s'en excuſoit modeſtement ſur ſon incapacité à les bien rendre, & ſur ſon défaut de mémoire. S'il étoit davantage preſſé, il préſentoit à ſa place, dit-on, un nommé *Gaches* qu'il menoit ſouvent avec lui, & qui, prenant auſſi-tôt la parole, s'acquittoit très-bien de ces ſortes de commiſſions.

Perſonne ne fut ſi ſimple & ſi naïf dans ſon air, dans ſes manieres, & dans toutes ſes actions. A le voir agir, à obſerver la ſingularité de ſes ſurpriſes, on l'eut pris pour l'homme du monde le plus neuf ou le plus incapable de ſentiment. Ce caractere d'une ingénuité qui tenoit de l'enfance, ayant paſſé de ſa plus tendre jeuneſſe dans ſon âge le plus mûr, pouvoit le faire regarder, par ceux qui ne le connoiſſoient pas, comme une eſpece d'automate. C'eſt en badinant ſur l'impreſſion naturelle qui réſultoit de ſon extérieur & de ſes mœurs, que Madame de la Sabliere dit un jour, après avoir congédié tous ſes domeſtiques à la fois; *je n'ai gardé avec moi*

f

que mes trois animaux ; mon chien, mon chat , & mon La Fontaine.

Lorfqu'il publia fon Livre des *Amours de Pfiché & de Cupidon,* la malignité de quelques courtifans voulut infinuer à plufieurs perfonnes, qu'il
avoit eu en vûe certaines amours de Louis XIV. L'on crut y découvrir
des traits de plaifanterie & de fatyre qui, fans être même voilés par la
fiction, s'appliquoient exactement à ce Monarque. Le goût de ces commentaires, & la fauffe clef de cette prétendue énigme commençoient à
s'accréditer; lorfque La Fontaine qui ne s'apercevoit de rien, & qui n'a-
voit eu aucune mauvaife intention, fut tout à coup effrayé par les aver-
tiffemens de fes amis, & par la conféquence de ces bruits. Il courut faire
part de fes craintes au Duc de Saint-Aignan, l'un des favoris de Louis XIV,
qui, fans adopter entiérement fes excufes, en eut cependant compaffion, &
promit de le tirer d'affaire. *Faites relier,* lui dit ce Seigneur, *un exemplaire de cet*
ouvrage. Je vous introduirai chez le Roi, dans le moment qu'il fera le plus environné de
courtifans ; vous lui préfenterez vous-même votre livre, & foyez perfuadé qu'après
cette démarche il n'y aura plus d'interprétations. Ce projet eut le fuccès qu'on
en attendoit : chacun fe tût, & La Fontaine reprit fa tranquillité ordinaire.

La mort de M. de Colbert arrivée en 1683, laiffa une place vacante à
l'Académie Françoife, pour laquelle La Fontaine * & Defpreaux furent en
concurrence. Ces deux grands Poëtes avoient également le droit de fe
mettre fur les rangs. Mais la licence répandue dans les ouvrages de notre
Auteur ** réveilloit dans cette Compagnie une délicateffe qui fembloit ne
devoir pas lui être favorable. Cependant La Fontaine que la plûpart des
Académiciens defiroient pour confrere, à caufe de fon rare génie & de
fa grande réputation, eut feize voix contre fept. Mais Defpreaux étoit plus
connu à la Cour. Louis XIV. même l'honoroit d'une bienveillance particu-
liére. *** Son parti fe hâta d'intéreffer la religion du Roi ; & les ordres
qu'on en attendoit pour la réception de La Fontaine, demeurerent fuf-
pendus. Dans cet intervalle, il parut fentir l'éguillon de la gloire qu'il
avoit jufqu'alors regardée avec trop d'indifférence. Ses amis vinrent l'exciter
& le tirer de fon inaction naturelle. Il fe donna des mouvemens, & pré-
fenta au Roi une Ballade, dont l'envoi eft ajufté aux circonftances dans
lefquelles fe trouvoit La Fontaine. Il y follicite en fa faveur, & tire parti

---

* Il avoit alors 63 ans.

** Lorfque La Fontaine témoigna fouhaiter d'être admis à l'Académie Françoife, *il écrivit,* dit
M. Perrault, *une lettre à un Prélat de la Compagnie,* où il marquoit & le déplaifir de s'être laiffé aller à
une telle *licence,* & la réfolution où il étoit de ne plus compofer rien de femblable.

*** Il étoit chargé dès ce temps-là par Louis XIV. d'écrire fon hiftoire, conjointement avec Racine ; & Defpreaux étoit alors à la fuite de ce Prince, pour être témoin oculaire de fes expéditions.
M. de Valincourt fuccéda à Racine, & fut affocié à Defpreaux, après la mort duquel il refta feul
chargé de cet ouvrage.

du refrain qui fert en même temps à célébrer la gloire du Monarque.

Quelques efprits ont blâmé certains jeux ,
Certains récits qui ne font que fornettes ;
Si je défere aux leçons qu'ils m'ont faites ,
Que veut-on plus ? foyez moins rigoureux ,
Plus indulgent , plus favorable qu'eux ;
Prince , en un mot , foyez ce que vous êtes ,
L'événement ne peut que m'être heureux.

Il prit fort à cœur le fuccès de cette affaire, & c'eft le feul trait d'ambition qu'on puiffe remarquer dans le cours de fa vie. Cependant fix mois s'étoient écoulés fans décifion de la part du Roi; lorfqu'une autre place vint à vaquer à l'Académie par la mort de M. de Bezons; Defpreaux y fut élu. Ce fut alors que Louis XIV. mieux difpofé en faveur de Defpreaux, mais qui s'étoit fait une loi de ne jamais prévenir les fuffrages de l'Académie, s'expliqua ainfi au Député qui venoit lui rendre compte de cette feconde élection: *Le choix qu'on a fait de M. Defpreaux , m'eft très-agréable, & fera généralement approuvé. Vous pouvez,* ajouta-t-il, *recevoir inceffamment La Fontaine , il a promis d'être fage.*

L'Académie reçut avec joie cette approbation; & fans attendre la réception de Defpreaux qui fe trouvoit en Flandres avec le Roi, & qui eut été faite le même jour; elle fe hâta de procéder à celle de La Fontaine qui fe fit le 2 Mai 1684. Cet empreffement, & la haute opinion qu'on avoit de fes talens, furent manifeftés publiquement dans cette affemblée par M. l'Abbé de la Chambre qui étoit alors Directeur. Il prit la parole, & s'adreffant à La Fontaine: *L'Académie,* dit-il, *reconnoît en vous, Monfieur, un de ces excellens Ouvriers, un de ces fameux Artifans de la belle gloire, qui la va foulager dans les travaux qu'elle a entrepris pour l'ornement de la France , & pour perpétuer la mémoire d'un régne fi fécond en merveilles.*

Elle reconnoît en vous, un génie aifé & facile, plein de délicateffe & de naïveté, quelque chofe d'original, & qui dans fa fimplicité apparente & fous un air négligé, renferme de grands tréfors & de grandes beautés.

Il fut eftimé & chéri de fes confreres, parmi lefquels il parut toujours avec cette candeur & cette bonté de caractere qu'on ne peut fe donner, ni même imiter quand on ne l'a pas. Simple, doux, ingénu, plein de droiture, il n'eut jamais la moindre méfintelligence avec aucun d'eux. Lors même que Furetiere fe fut rendu indigne de la place qu'il occupoit à l'Académie, & qu'il fut queftion de l'en exclure; * La Fontaine

---

* Voyez l'Hiftoire de l'Académie par M. Peliffon, où les particularités & les caufes de cette exclufion font détaillées.

ne put fe réfoudre à concourir à cette flétriffure. Il voulut donc étayer Fure-
tiére de fon fuffrage; mais malheureufement, l'une de fes diftractions ordinaires * le furprit au moment qu'on alloit au fcrutin pour cette exclufion.
Au lieu de placer fes boules comme il le falloit, il mit la noire où devoit
être la blanche, & ajouta une voix à celles qui étoient déja contre Fure-
tiére, ce que celui-ci ne lui pardonna pas.

La Fontaine ne connoiffoit ni les intrigues ni l'art de briguer les faveurs; il fuyoit la Cour, pour laquelle il n'avoit pas moins d'éloignement
que pour tous ceux auprès defquels il falloit s'affujettir, fe contraindre,
ou fe déguifer. Mais il n'eft pas moins furprenant qu'il ait échapé feul,
parmi tous les grands Hommes de fon temps, aux libéralités & aux
bienfaits de Louis XIV. auxquels, comme l'obferve M. de Voltaire, il avoit
droit de prétendre & par fon mérite & par fa pauvreté. Après la mort de
Madame de la Sabliere, il fe trouva réduit dans la fituation la plus difficile à fupporter. En perdant cette illuftre amie, La Fontaine perdit auffi les
douceurs de la vie qui lui étoient les plus cheres & les plus précieufes. Son
repos & fa tranqulilité en furent troublés. Il fe vit ifolé, & contraint de
pourvoir à fes befoins, devenus plus fenfibles par l'âge, & que l'attention
& la générofité de fa bienfaictrice lui avoient laiffé ignorer pendant une
bonne partie de fa vie. La néceffité, s'il faut le dire, penfa pour lors l'exi-
ler de fa patrie, & dérober honteufement à la France l'un des génies
qui lui ait fait le plus d'honneur. Il étoit auffi connu par fes ouvrages en
Angleterre, qu'eftimé par les qualités de fon ame. Madame de Bouillon **
s'y trouvoit alors avec Madame de Mazarin fa fœur. Elles apprirent que La
Fontaine ne vivoit pas commodément à Paris: elles voulurent l'attirer à
Londres, & fe joignirent pour cet effet à Madame Harvey***, au Duc
de Devonshire, à Milord Montaigu, à Milord Godolphin, qui tous en-

---

* Parmi plufieurs diftractions, on rapporte qu'il portoit depuis deux jours un habit neuf, fans
s'en être aperçu; lorfqu'un de fes amis qu'il rencontra dans la rue, vint lui caufer une grande furprife, en lui en faifant fon compliment. C'étoit Madame d'Hervard, dont j'aurai occafion de parler dans la fuite, qui, à l'infçu de La Fontaine, avoit fait mettre cet habit dans fa chambre à
la place de celui qu'il portoit ordinairement.

Une autre fois, & ce fait eft confirmé par une tradition bien conftante, il oublia d'avoir été à l'enterrement d'une perfonne, chez laquelle il arriva pour dîner avec quelques amis qui s'étoient embar-
qués fous fa conduite. Mais le portier lui ayant dit que fon maître étoit mort depuis huit jours: *ah!*
répondit La Fontaine avec étonnement, *je ne croyois pas qu'il y eut fi long-temps.*

** Elle étoit arrivée en Angleterre dès l'année 1687 pour voir fa fœur.

*** Elifabeth Montaigu, veuve de M. le Chevalier d'Harvey, mort à Conftantinople, où il avoit
été envoyé en Ambaffade par Charles II. Cette Dame avoit beaucoup d'efprit & de mérite. C'eft elle
qui contribua le plus à faire venir en Angleterre Madame de Mazarin, avec qui elle lia enfuite une
amitié très-étroite. Etant allée à Paris en 1683, La Fontaine eut fouvent occafion de la voir chez
Milord Montaigu fon frere, Ambaffadeur d'Angleterre. Elle lui donna alors le fujet de la Fable du
Renard Anglois, où La Fontaine a fait entrer fon éloge, & qu'il lui adreffa.

femble s'engagerent à lui affurer une fubfiftance honorable. Saint-Evremont ne fut pas le dernier à vouloir le féduire. Il lui écrivit plufieurs
lettres, & La Fontaine étoit ébranlé, lorfqu'il fut détourné de ce voyage
par les dernieres circonftances de fa vie dont je vais rendre compte. *

Vers la fin de 1692, il tomba dangereufement malade. Jufqu'alors il
n'avoit guères porté fa vûe fur le culte ni fur les objets de la Religion ;
& les affaires de fon falut avoient été enveloppées dans l'oubli & dans la
profonde indifférence qui régnoient fur fa vie. La loi naturelle dirigeoit
fon cœur, & guidoit l'innocence de fes mœurs. Son efprit ennemi du travail, incapable d'effort ou de contention de quelque nature qu'elle put
être, ne fe donna jamais la peine de fuivre long-temps le même objet,
& moins encore de fe porter à la contemplation des chofes qui font hors
de la fphère naturelle de l'homme. Le Curé de S. Roch, informé de la maladie férieufe de La Fontaine, lui envoya le P. Poujet **, homme d'efprit, &
qui pour lors étoit Vicaire de cette Paroiffe. Ce Prêtre pour donner à fa
vifite un air moins férieux & moins fufpect, fe fit annoncer de la part de
fon pere, chez qui La Fontaine alloit quelquefois, pour s'informer de l'état
de fa fanté. Pour lui ôter toute méfiance, il fe fit accompagner d'un ami
commun qui l'étoit encore plus particuliérement du malade. Après les
politeffes d'ufage, le P. Poujet fit tomber infenfiblement la converfation
fur la Religion, & fur les preuves qu'on en tire tant de la raifon que des
Livres faints. Sans fe douter du but de fes difcours : *Je me fuis mis*, lui dit
La Fontaine, avec fa naïveté ordinaire, *depuis quelque temps à lire le Nouveau Teftament* : je vous affure, ajouta-t-il, *que c'eft un fort bon livre* ; oui par
ma foi, c'eft un bon livre. Mais il y a un article fur lequel je ne me fuis pas rendu ;
c'eft celui de l'éternité des peines : je ne comprends pas, dit-il, comment cette
éternité peut s'accorder avec la bonté de Dieu. Le Pere Poujet fatisfit à cette
objection par les meilleures raifons qu'il put trouver dans ce moment ;
& La Fontaine, après plufieurs répliques, fut fi content de l'entendre qu'il
le pria de revenir. Le P. Poujet ne demandoit pas mieux ; il partit, & lui
laiffa l'ami qu'il avoit amené. Le but de cette féparation préméditée étoit
d'amener La Fontaine à la confidence de fes fentimens & de fes difpofitions préfentes. En effet, fatisfait de cette vifite, il dit à fon ami que

---

* L'on prétend qu'alors La Fontaine fe mit à apprendre la langue Angloife, & que la féchereffe
& l'ennui de cette étude le détournerent d'aller en Angleterre. Mais notre langue y étoit dès ce
temps auffi connue qu'aujourd'hui. Saint-Evremont, à portée de l'inftruire de ce qui s'y paffoit, n'ap-
prit jamais l'Anglois ; & La Fontaine étoit moins capable qu'un autre, d'être arrêté par une précau-
tion auffi fuperflue.

** *Amable Poujet.* Il venoit de quitter récemment les bancs de Sorbonne où il avoit pris tous
fes grades & le bonnet de Docteur. Il entra depuis dans l'Oratoire. Il compofa le Catéchifme de
Montpellier, & mourut à Paris en 1723.

s'il avoit à se confesser, il ne prendroit point d'autre directeur que cet Eccléfiaftique.

Le P. Poujet inftruit du fuccès de fa vifite, fut exact depuis ce temps à lui en rendre deux par jour, dans lefquelles il ne ceffoit, en le familiarifant avec fes difcours, d'éclaircir fes doutes, & de répondre à fes queftions avec l'adreffe & la fageffe d'un habile homme. Ce n'étoit au fond, ni l'impiété, ni l'incrédulité qu'il avoit à combattre. La Fontaine toujours vrai, toujours fincere & rempli de bonne foi, ne cherchoit qu'à s'inftruire, & à fe convaincre. Il ne vouloit point faire tenir à fa bouche un langage que fon cœur ou fon efprit démentiffent. Je ne rapporterai point les différentes objections qu'il fit, ni la maniere dont le P. Poujet fçut y fatisfaire. Mais je ne fçaurois paffer fous filence deux points intéreffans fur lefquels La Fontaine eut peine à fe rendre. Le premier fut une fatiffaction publique fur fes Contes, que ce Directeur exigea de lui : l'autre, la promeffe de ne jamais donner aux Comédiens une piéce de théâtre qu'il avoit compofée depuis peu, & dont il avoit reçu les applaudiffemens des connoiffeurs, & des amis auxquels il l'avoit lûe.

Quoique La Fontaine ne regardât pas fes Contes comme un ouvrage irrépréhenfible, il ne pouvoit cependant imaginer qu'ils fuffent capables de produire des effets auffi pernicieux qu'on le prétendoit. Il proteftoit qu'en les écrivant ils n'avoient jamais fait de mauvaifes impreffions fur lui : & comme fa maniere ordinaire étoit de juger des autres par lui-même; il attribuoit ce qu'on lui difoit là-deffus à une trop grande délicateffe. C'eft ainfi qu'il fe deffendoit contre l'efpece d'amande honorable qu'on exigeoit de lui ; mais l'éloquence du P. Poujet l'emporta fur fes répugnances. La Fontaine convaincu, fe réfigna, & confentit à tout ce que ce Directeur jugeroit néceffaire & convenable dans cette occafion. Quant à la piéce de théâtre, il ne fe rendit point avec la même docilité. Les difcuffions & la controverfe, entre fon ami Racine & M. Nicole fur ce point, étoient encore préfentes à fon efprit. La décifion du P. Poujet lui parut trop févere; il en appella à une confultation en forme de plufieurs Docteurs de Sorbonne. Elle ne lui fut point favorable; & fans balancer il jetta fa piece au feu fans en retenir de copie. Cet ouvrage eft refté perdu, on n'en fçait pas même le titre.

Parmi tous ces débats & toutes ces exhortations où fe trouvoient employées tantôt une douce perfuafion, & tantôt la crainte des peines de l'autre vie; je ne dois pas oublier les réflexions de la Garde de La Fontaine, qui défignent d'une maniere auffi naturelle qu'originale, les fentimens & l'opinion qu'il infpiroit de lui. *Eh ! ne le tourmentez pas tant*, dit-elle un jour avec impatience au P. Poujet, *il eſt plus bête que méchant*. Une autre fois avec un air de compaſſion, *Dieu n'aura jamais*, diſoit-elle, *le courage de le damner*.

Enfin après plus de ſix ſemaines de conférences aſſidues & redoublées, La Fontaine fit une confeſſion générale, & reçut le Saint Viatique le 12 Février 1693, avec des ſentimens dignes de la candeur de ſon ame, & des vertus du meilleur Chrétien. C'eſt dans ce moment qu'avec une préſence d'eſprit admirable, & dans les meilleurs termes, il déteſta ſes Contes * en préſence de Meſſieurs de l'Académie. Il les avoit fait prier de ſe rendre chez lui par Députés, pour être les témoins publics de ſon repentir, de ſes diſpoſitions, & de la proteſtation autentique qu'il fit de n'employer ſes talens à l'avenir, s'il recouvroit la ſanté, qu'à des ſujets de piété. **

Il tint exactement parole. *** Il revint de cette maladie, & la première fois qu'il put aſſiſter à l'Académie, il y renouvella la proteſtation qu'il avoit faite devant les Députés, & fit lecture dans l'Aſſemblée d'une Paraphraſe en vers François de la Proſe des morts *Dies iræ*. Il l'avoit compoſée pour s'entretenir de la penſée de la mort, & pour ſe pénétrer des vérités les plus terribles de la Religion.

Le jour qu'il reçut le Saint Viatique, Monſieur le Duc de Bourgogne qui n'avoit encore atteint que ſa onziéme année, fit une action digne du ſang des Bourbons. De ſon pur mouvement, & ſans y être porté par aucun conſeil, il envoya un Gentilhomme à La Fontaine pour s'informer de l'état de ſa ſanté, & pour lui préſenter de ſa part une bourſe de cinquante louis d'or. Il lui fit dire en même temps qu'il auroit ſouhaité d'en avoir davantage; mais que c'étoit tout ce qu'il lui reſtoit du mois courant, & de ce que le Roi lui avoit fait donner pour ſes menus plaiſirs.

---

* Il renonça en même temps au profit qui devoit lui revenir d'une nouvelle édition de ſes Contes qu'il avoit retouchée, & qui s'imprimoit alors en Hollande.

** Quelques-uns crurent alors que La Fontaine étoit mort, ou qu'il ne releveroit point de cette maladie : & ce fut dans ce temps que le Poëte Ligniére répandit dans Paris l'Epigramme ſuivante.

> Je ne jugerai de ma vie
> *D'un homme avant qu'il ſoit éteint :*
> *Peliſſon eſt mort en impie,*
> *Et La Fontaine comme un ſaint.*

Cependant aucun de ces faits n'étoient vrais. Car La Fontaine ne mourut pas; & de ce que la violence de la maladie avoit ſurpris Peliſſon ſans lui donner le temps de recevoir les derniers Sacremens qu'il avoit différé au lendemain, l'on ne pouvoit en inférer qu'il fût mort en impie.

*** C'eſt par une erreur peu réfléchie & mal hazardée, que Lokman, dans ſon livre des Amours de Pſiché & de Cupidon, en Anglois, *in* 8°. 1744, imprimé à Londres, ſuppoſe dans une vie qu'il a voulu donner de La Fontaine, qu'après cette maladie, il compoſa encore quelques piéces trop libres & dans le goût de ſes Contes. Il en cite pour preuve l'édition d'un livre intitulé *Ouvrages de Proſe & de Poëſie, des ſieurs de Maucroy & de La Fontaine*, qui parut en 1685; époque bien antérieure à la converſion de La Fontaine, & qu'il pouvoit aiſément conſulter.

Ce Prince dans qui l'Europe voyoit de si bonne heure germer les vertus & les sentimens dignes de la grandeur de son rang, se mit dès ce temps à la tête des bienfaicteurs de La Fontaine; & par ses largesses écarta la nécessité qui, comme nous l'avons vû plus haut, alloit bientôt livrer La Fontaine, à l'ambitieuse rivalité d'une Nation qui nous dispute la gloire de soutenir le mérite, & de récompenser les talens.

Après sa maladie, La Fontaine fut invité par Madame d'Hervard * qui l'aimoit beaucoup, à venir loger chez elle. Il accepta cette offre, & retrouva dans cet asyle les douceurs & les attentions que Madame de la Sablière avoit eues autrefois pour lui. Il se mit alors à traduire en vers les Hymnes de l'Église. Mais il n'avança pas beaucoup dans ce nouveau genre de travail : il l'avoit entrepris trop tard pour être secondé de ce feu poëtique qui l'avoit autrefois animé; & qui se trouvoit alors éteint & dissipé par l'âge, la maladie, le régime, & par les austérités qu'il pratiquoit dans sa pénitence.

Il vécut encore deux ans dans cette langueur, & plus il sentoit diminuer ses forces, plus il redoubloit de ferveur.** Il mourut le 13 Mars 1695, âgé de soixante-treize ans, huit mois, cinq jours; & fut enterré de cimetiere de S. Joseph, au même endroit où l'on avoit placé le corps de son ami Moliere vingt-deux ans auparavant. Lorsqu'on le deshabilla pour le mettre au lit de la mort, il se trouva couvert d'un cilice. *** Ce que M. Racine le fils n'a point laissé échapper lorsqu'il le dépeint ainsi :

> *Vrai dans tous ses écrits, vrai dans tous ses discours,*
> *Vrai dans sa pénitence à la fin de ses jours ;*
> *Du Maître qu'il approche, il prévient la justice,*
> *Et l'Auteur de Joconde est armé d'un cilice.*

Il me reste un mot à dire de ses compositions, & à caractériser plus

---

* Femme de M. d'Hervard Conseiller au Parlement, qui conserva la mémoire de La Fontaine avec tant de vénération, qu'il se faisoit un plaisir de montrer dans sa maison, depuis lors l'hôtel d'Armenonville, la chambre où La Fontaine étoit mort, comme on fait remarquer à Rome la maison de Ciceron.

** C'est ici l'occasion de rapporter une lettre qui fait bien connoître ses dispositions. Il l'écrivit à son ami M. de Maucroy, un mois avant sa mort.

„ Tu te trompes assurément, mon cher ami, s'il est bien vrai, comme M. de Soissons me l'a dit, „ que tu me croyes plus malade d'esprit que de corps. Il me l'a dit pour tâcher de m'inspirer du „ courage; mais ce n'est pas de quoi je manque. Je t'assure que le meilleur de tes amis n'a plus „ à compter sur quinze jours de vie. Voila deux mois que je ne sors point, si ce n'est pour aller „ un peu à l'Académie, afin que cela m'amuse. Hier, comme j'en revenois, il me prit au milieu „ de la rue . . . une si grande foiblesse, que je crus véritablement mourir. O ! mon cher, *mourir n'est* „ *rien ;* mais songes-tu que *je vais comparoître devant Dieu ?* Tu sçais comme j'ai vécu. Avant que „ tu reçoives ce billet, les portes de l'éternité seront peut-être ouvertes pour moi. « *Œuvres diverses de La Fontaine. T. II. p. 173. édit. de la Haye,* 1729.

*** M. l'Abbé d'Olivet a vû ce cilice entre les mains de M. de Maucroy, qui le gardoit comme un monument précieux de la mémoire de cet illustre ami.

particuliérement fon génie. Il ne connut jamais d'efforts ni de contrainte dans fes ouvrages. L'indépendance de fon efprit fut égale à celle de fa vie; & l'amour de la liberté fut le guide de fa plume & de fes productions, comme il l'étoit de fon goût & de fes inclinations. C'eft cette aifance & cette facilité d'écrire qui le faifoit ingénieufement appeller par Madame de Bouillon, *un Fablier*, pour dire que fes Fables étoient une production naturelle des idées qui fe trouvoient toutes arrangées dans fa tête. Le foin de les en retirer, fut tout fon travail, ou pour mieux dire, fut l'ouvrage de la douce & tranquille rêverie dont il s'occupoit. Auffi ne fit-il pas plus de cas de ces mêmes ouvrages, que de la peine qu'ils lui coûterent. C'eft ainfi qu'il apprécie modeftement l'un & l'autre dans l'épitaphe qu'il s'eft compofée lui-même.

> *Jean s'en alla comme il étoit venu,*
> *Mangeant fon fonds après fon revenu,*
> *Et crut les biens chofe peu néceffaire.*
> *Quant à fon temps, bien fçut le difpenfer;*
> *Deux parts en fit, dont il fouloit paffer,*
> *L'une à dormir, & l'autre à ne rien faire.*

Ses expreffions délicates, enjouées & naïves, furent des copies fideles de la belle nature, dont le goût de concert avec l'efprit, lui firent faifir par-tout les nuances & les traits. C'eft ainfi qu'en remaniant les ouvrages des Anciens, il fe les eft rendu propres, & leur a prêté une tournure & des graces qu'ils n'avoient point. Auffi fage, auffi fenfé qu'Éfope; il l'a furpaffé autant par la jufteffe des applications, que par l'élégance & la précifion. Plus vif, plus rempli d'intérêt & de chaleur que Phedre, il l'a laiffé derriere lui, & s'eft ouvert dans fes Fables une carricre toute neuve, toute parfemée de fleurs & d'agrémens piquans. * Auffi peut-on dire qu'il eft parvenu au plus haut point de perfection où l'on puiffe atteindre dans ce genre.

Ses Contes, quoique d'une moindre perfection, font des chef-d'œuvres d'une autre efpece qui, dans le genre naïf, ferviront toujours de modele pour la narration. L'intérêt & la faillie, toujours à côté du fimple & du naturel, y charment l'efprit & furprennent l'imagination d'une maniere agréable & féduifante. Lorfque La Fontaine raconte, l'on oublie qu'on lit une fiction, on s'oublie foi-même; & livré à une efpece d'enchantement, l'on croit entendre & voir tout ce qu'on lit. S'il change de ftyle, & qu'il adreffe

---

* C'eft ce qu'il ne connoiffoit pas, fe mettant fort au deffous de Phedre. Mais, comme a dit M. de Fontenelle, *cela ne tiroit point à conféquence, & La Fontaine ne le cédoit ainfi à Phedre que par bêtife.* Mot plaifant, expreffion finguliere, mais qui caractérife d'une maniere auffi fine que jufte, l'indifférence d'un génie fupérieur qui néglige de rechercher fon mérite.

quelquefois la parole aux Dames dans ſes vers, quelle élégance! quelle fineſſe dans ſes complimens! quelle tournure délicate & galante dans ſes louanges!

A travers tous ces avantages, cet excellent Auteur n'a pas mis la derniere main à toutes ſes piéces. Libre en écrivant comme en toute autre choſe, ſon indolence & ſa pareſſe ſe manifeſtent quelquefois par des conſtructions vicieuſes, ou par des défauts de langage. Mais par-tout où l'on puiſſe s'arrêter à critiquer ces petites fautes, on aperçoit toujours l'homme de génie & le grand écrivain. S'il pouvoit être ſoupçonné de malice ou de quelque adreſſe recherchée, l'on diroit même que ces négligences, dans la place qu'elles occupent, ſont ſouvent l'effet de l'art; tant elles ſont imperceptibles & réparées par les choſes qui les précédent ou qui les accompagnent. Mais il ne pouvoit ſe gêner, comme nous l'avons obſervé plus haut; il ſuivoit ſon humeur & ſa fantaiſie, & parcourant tantôt un ſujet & tantôt un autre, il ſe livroit à différens genres : ce qui lui a fait quelquefois négliger la correction dans ſes Poëſies. Cette légereté d'humeur dont il ſe divertiſſoit lui-même, mettoit fort en colere Madame de Sévigné qui, dans une de ſes lettres, dit d'un air piqué : *je voudrois faire une fable qui lui fît entendre combien cela eſt miſérable de forcer ſon eſprit à ſortir de ſon genre, & combien la folie de vouloir chanter ſur tous les tons, fait une mauvaiſe muſique.* En ceci cependant, La Fontaine, loin de forcer ſon eſprit, ne ſuivoit que ſon caprice & ſon inconſtance : c'eſt ainſi qu'il s'en explique lui-même dans un diſcours à Madame de la Sabliere.

> *Papillon du Parnaſſe & ſemblable aux Abeilles,*
> *A qui le bon Platon compare nos merveilles;*
> *Je ſuis choſe légere, & vole à tous ſujets.*
> *Je vais de fleur en fleur, & d'objets en objets;*
> *A beaucoup de plaiſir, je mêle un peu de gloire.*
> *J'irois plus haut peut-être au temple de Mémoire,*
> *Si dans un genre ſeul j'avois uſé mes jours.*
> *Mais quoi! je ſuis volage en vers comme en amours.*

A MONSEIGNEUR
LE DAUPHIN.

MONSEIGNEUR,

S'il y à quelque chose d'ingénieux dans la République des Lettres, on peut dire que c'est la maniere dont Esope a débité sa morale. Il seroit véritablement à souhaiter que d'autres mains que les miennes y eussent ajoûté les ornemens de la poësie; puisque le plus sage des anciens à jugé qu'ils n'y étoient pas inutiles. J'ose, MONSEIGNEUR, vous en présenter quelques essais. C'est un entretien convenable à vos premieres années. Vous êtes en un âge où l'amusement & les jeux sont permis aux Princes; mais en même tems vous devez donner quelques-unes de vos pensées à des réflexions sérieuses. Tout cela se rencontre aux fables que nous devons à Esope. L'apparence en est puérile, je le confesse, mais ces puérilités servent d'enveloppe à des vérités importantes. Je ne doute point, MONSEIGNEUR, que vous ne regardiez favorablement des inventions si utiles, & tout ensemble si agréables : car que peut-on souhaiter davantage que ces deux points? Ce sont eux qui ont introduit les sciences parmi les hommes. Esope a trouvé un art singulier de les joindre l'un avec l'autre. La lecture de son ouvrage répand insensiblement dans une ame les sémences de la vertu, & lui apprend à se connoître, sans qu'elle s'apperçoive de cette étude, & tandis qu'elle croit faire toute autre chose. C'est une adresse dont s'est servi très-heureusement celui sur lequel Sa Majesté a jetté les yeux pour vous donner des instructions. Il fait ensorte que vous apprenez sans peine, ou, pour mieux parler, avec plaisir, tout ce qu'il est nécessaire qu'un Prince sçache. Nous espérons beaucoup de cette conduite;

mais, à dire la vérité, il y a des choses, dont nous espérons infiniment d'avantage. Ce font, *MONSEIGNEUR*, les qualités que notre invincible Monarque vous a données avec la naiffance ; c'est l'exemple que tous les jours il vous donne. Quand vous le voyez former de fi grands deffeins ; quand vous le confiderez qui regarde fans s'étonner l'agitation de l'Europe, & les machines qu'elle remue pour le détourner de fon entreprife ; quand il pénétre dès fa premiere démarche jufques dans le cœur d'une Province, où l'on trouve à chaque pas des barrieres infurmontables, & qu'il en fubjugue une autre en huit jours, pendant la faifon la plus ennemie de la guerre, lorfque le repos & les plaifirs regnent dans les cours des autres Princes ; quand non content de dompter les hommes, il veut triompher auffi des élémens ; & quand, au retour de cette expédition, où il a vaincu comme un Alexandre, vous le voyez gouverner fes peuples comme un Augufte ; avouez le vrai, *MONSEIGNEUR*, vous foupirez pour la gloire auffi-bien que lui, malgré l'impuiffance de vos années : vous attendez avec impatience le tems où vous pourrez vous déclarer fon rival dans l'amour de cette divine maîtreffe. Vous ne l'attendez pas, *MONSEIGNEUR*, vous le prévenez : je n'en veux pour témoignage que ces nobles inquiétudes, cette vivacité, cette ardeur, ces marques d'efprit, de courage & de grandeur d'ame, que vous faites paroître à tous les momens. Certainement c'est une joie bien fenfible à notre Monarque ; mais c'est un fpeɕacle bien agréable pour l'univers, que de voir ainfi croître une jeune plante, qui couvrira un jour de fon ombre tant de peuples & de nations. Je devrois m'étendre fur ce fujet ; mais comme le deffein que j'ai de vous divertir, est plus proportionné à mes forces que celui de vous louer, je me hâte de venir aux fables, & n'ajoûterai aux vérités que je vous ai dites, que celle-ci : c'est *MONSEIGNEUR*, que je fuis avec un zéle refpeɕueux,

Votre très-humble & très-obéiffant,
& très-fidéle ferviteur ,
DE LA FONTAINE.

PREFACE.

L'INDULGENCE que l'on a eue pour quelques-unes de mes fables, me donne lieu d'efpérer la même grace pour ce recueil. Ce n'eft pas qu'un des maîtres de notre éloquence n'ait defapprouvé le deffein de les mettre en vers. Il a crû que leur principal ornement eft de n'en avoir aucun : que d'ailleurs la contrainte de la poëfie, jointe à la févérité de notre langue, m'embarrafferoient en beaucoup d'endroits, & banniroient de la plûpart de ces récits la briéveté, qu'on peut fort bien appeller l'ame du conte, puifque fans elle il faut néceffairement qu'il languiffe. Cette opinion ne fçauroit partir que d'un homme d'excellent goût : je demanderois feulement qu'il en relâchât quelque peu, & qu'il crût que les Graces Lacédémoniennes ne font pas tellement ennemies des Mufes Françoifes que l'on ne puiffe fouvent les faire marcher de compagnie.

Après tout je n'ai entrepris la chofe que fur l'exemple, je ne veux pas dire des anciens, qui ne tire point à conféquence pour moi, mais fur celui des modernes. C'eft de tout tems, & chez tous les peuples qui font profeffion de poëfie, que le Parnaffe a jugé ceci de fon appanage. A peine les fables qu'on attribue à Éfope, virent le jour, que Socrate trouva à propos de les habiller des livrées des Mufes. Ce que Platon en rapporte eft fi agréable, que je ne puis m'empêcher d'en faire un des ornemens de cette préface. Il dit que Socrate étant condamné au dernier fupplice, l'on remit l'exécution de l'arrêt à caufe de certaines fêtes. Cébès l'alla voir le jour de fa mort. Socrate lui dit, que les Dieux l'avoient averti plufieurs fois pendant fon fommeil, qu'il devoir s'appliquer à la mufique avant qu'il mourût. Il n'avoit pas entendu d'abord ce que ce fonge fignifioit : car comme la mufique ne rend pas l'homme meilleur, à quoi bon s'y attacher ? Il falloit qu'il y eût du myftére là-deffous ; d'autant plus que les Dieux ne fe laffoient point de lui envoyer la même infpiration. Elle lui étoit encore venue une de ces fêtes. Si bien qu'en fongeant aux chofes que le ciel pouvoit exiger de lui, il s'étoit avifé que la mufique & la poëfie ont tant de rapport, que poffible étoit-ce de la derniere dont il s'agiffoit. Il n'y a point de bonne poëfie fans harmonie, mais il n'y en a point non plus fans fiétions ; & Socrate ne fçavoit que dire la vérité. Enfin il avoit trouvé un tempérament. C'étoit de choifir des fables qui continffent quelque chofe de véritable, telles que font celles d'Éfope. Il employa donc à les mettre en vers les derniers momens de fa vie.

Socrate n'eft pas le feul qui ait confideré comme fœurs la poëfie & nos fables. Phédre a témoigné qu'il étoit de ce fentiment ; & par l'excellence de fon ouvrage, nous pouvons juger de celui du Prince des philofophes. Après Phédre, Aviénus a traité le même fujet. Enfin les modernes les ont fuivis. Nous en avons des exemples non feulement chez les étrangers, mais chez nous. Il eft vrai que lorfque nos gens y ont travaillé, la langue étoit fi différente de ce qu'elle eft, qu'on ne les doit confidérer que comme étrangers. Cela ne m'a point détourné de mon entreprife : au contraire je me fuis flaté de l'efpérance que fi je ne courois dans cette carriere avec fuccès, on me donneroit au moins la gloire de l'avoir ouverte.

Il arrivera poffible que mon travail fera naître à d'autres perfonnes l'envie de porter la chofe plus loin. Tant s'en faut que cette matiere foit épuifée, qu'il refte encore plus de fables à mettre en vers, que je n'en ai mis. J'ai choifi véritablement les meilleures, c'eft-à-dire celles qui m'ont femblé telles. Mais outre que je puis m'être trompé dans mon choix, il ne fera pas bien difficile de donner un autre tour à celles-là même que j'ai choifies ; & fi ce tour eft moins long, il fera fans doute plus approuvé. Quoi qu'il en arrive, on m'aura toujours obligation; foit que ma témérité ait été heureufe, & que je ne me fois point trop écarté du chemin qu'il falloit tenir, foit que j'aie feulement excité les autres à mieux faire.

Je penfe avoir juftifié fuffifamment mon deffein : quant à l'exécution, le public en fera juge. On ne trouvera pas ici l'élégance ni l'extrême briéveté qui rendent Phédre recommendable ; ce font qualités au-deffus de ma portée. Comme il m'étoit impof-fible de l'imiter en cela, j'ai crû qu'il falloit en récompenfe égayer l'ouvrage plus qu'il n'a fait. Non que je le blâme d'en être demeuré dans ces termes : la langue latine n'en demandoit pas davantage ; & fi l'on y veut prendre garde, on reconnoîtra dans cet auteur le vrai caractére & le vrai génie de Térence. La fimplicité eft magnifique chez ces grands hommes : moi qui n'ai pas les perfections du langage comme ils les ont eues, je ne la puis élever à un fi haut point. Il a donc fallu fe récompenfer d'ailleurs : c'eft ce que j'ai fait avec d'autant plus de hardieffe, que Quintilien dit qu'on ne fçau-roit trop égayer les narrations. Il ne s'agit pas ici d'en apporter une raifon : c'eft affez que Quintilien l'ait dit. J'ai pourtant confidéré que ces fables étant fçues de tout le monde, je ne ferois rien fi je ne les rendois nouvelles par quelques traits qui en rele-vaffent le goût : c'eft ce qu'on demande aujourd'hui ; on veut de la nouveauté & de la gaieté. Je n'appelle pas gaieté ce qui excite le rire ; mais un certain charme, un air agréable qu'on peut donner à toutes fortes de fujets, même les plus férieux.

Mais ce n'eft pas tant par la forme que j'ai donnée à cet ouvrage qu'on en doit mefurer le prix, que par fon utilité & fa matiere. Car qu'y a-t-il de recommendable dans les productions de l'efprit, qui ne fe rencontre dans l'apologue ? C'eft quelque chofe de fi divin, que plufieurs perfonnages de l'antiquité ont attribué la plus grande partie de ces fables à Socrate, choififfant pour leur fervir de pere, celui des mortels qui avoit le plus de communication avec les Dieux. Je ne fçais comme ils n'ont point fait defcendre du ciel ces mêmes fables, & comme ils ne leur ont point affigné un Dieu qui en eût la direction, ainfi qu'à la poëfie & à l'éloquence. Ce que je dis n'eft pas tout-à-fait fans fondement ; puifque, s'il m'eft permis de mêler ce que nous avons de plus facré parmi les erreurs du paganifme, nous voyons que la vérité a parlé aux hommes par paraboles ; & la parabole eft-elle autre chofe que l'apologue? c'eft-à-dire, un exemple fabuleux, & qui s'infinue avec d'autant plus de facilité & d'effet, qu'il eft plus commun & plus familier. Qui ne nous propoferoit à imiter que les maîtres de la fageffe, nous fourniroit un fujet d'excufe : il n'y en a point, quand des abeilles & des fourmis font capables de cela même qu'on nous demande.

C'eft pour ces raifons que Platon ayant banni Homere de fa république, y a donné à Éfope une place très-honorable. Il fouhaite que les enfans fucent ces fables avec le lait : il recommande aux nourrices de les leur apprendre ; car on ne fçauroit s'accou-tumer de trop bonne heure à la fageffe & à la vertu. Plutôt que d'être réduits à corri-ger nos habitudes, il faut travailler à les rendre bonnes, pendant qu'elles font encore indifférentes au bien ou au mal. Or quelle méthode y peut contribuer plus utilement que ces fables ? Dites à un enfant que Craffus allant contre les Parthes, s'engagea dans leur pays, fans confidérer comment il en fortiroit; que cela le fit périr lui & fon armée, quelque effort qu'il fît pour fe retirer. Dites au même enfant que le renard & le bouc defcendirent au fond d'un puits pour y éteindre leur foif; que le renard en fortit, s'étant fervi des épaules & des cornes de fon camarade comme d'une échelle : au contraire le bouc y demeura, pour n'avoir pas eu tant de prévoyance ; & par confé-quent qu'il faut confidérer en toute chofe la fin. Je demande lequel de ces deux exemples fera le plus d'impreffion fur cet enfant, ne s'arrêtera-t-il pas au dernier, comme plus

conforme

conforme & moins difproportionné que l'autre à la petiteffe de fon efprit ? Il ne faut
pas m'alléguer que les penfées de l'enfance font d'elles-mêmes affez enfantines, fans y
joindre encore de nouvelles badineries. Ces badineries ne font telles qu'en apparence;
car dans le fonds, elles portent un fens très-folide. Et comme par la définition du
point, de la ligne, de la furface, & par d'autres principes très-familiers, nous parve-
nons à des connoiffances qui mefurent enfin le ciel & la terre; de même auffi, par les
raifonnemens & les conféquences que l'on peut tirer de ces fables, on fe forme le jugement & les mœurs, on fe rend capables des grandes chofes.

Elles ne font pas feulement morales, elles donnent encore d'autres connoiffances.
Les propriétés des animaux, & leurs divers caractéres y font exprimés; par conféquent
les nôtres auffi, puifque nous fommes l'abrégé de ce qu'il y a de bon & de mauvais
dans les créatures irraifonnables. Quand Promethée voulut former l'homme, il prit la
qualité dominante de chaque bête. De ces piéces fi différentes il compofa notre efpece; il fit cet ouvrage qu'on appelle le petit monde. Ainfi ces fables font un tableau,
où chacun de nous fe trouve dépeint. Ce qu'elles nous repréfentent confirme les perfonnes d'age avancé dans les connoiffances que l'ufage leur a données, & apprend aux
enfans ce qu'il faut qu'ils fçachent. Comme ces derniers font nouveaux venus dans le
monde, ils n'en connoiffent pas encore les habitans; ils ne fe connoiffent pas eux-
mêmes. On ne les doit laiffer dans cette ignorance que le moins qu'on peut : il leur
faut apprendre ce que c'eft qu'un lion, un renard, ainfi du refte; & pourquoi l'on
compare quelquefois un homme à ce renard, ou à ce lion. C'eft à quoi les fables tra-
vaillent : les premières notions de ces chofes proviennent d'elles.

J'ai déjà paffé la longueur ordinaire des préfaces; cependant je n'ai pas encore rendu
raifon de la conduite de mon ouvrage. L'apologue eft compofé de deux parties, dont
on peut appeller l'une le corps, l'autre l'ame. Le corps eft la fable; l'ame eft la moralité. Ariftote n'admet la fable que dans les animaux; il en exclut les hommes & les
plantes. Cette régle eft moins de néceffité que de bienféance; puifque ni Éfope, ni
Phédre, ni aucun des fabuliftes ne l'a gardée : tout au contraire de la moralité dont
aucun ne fe difpenfe. Que s'il m'eft arrivé de le faire, ce n'a été que dans les endroits
où elle n'a pû entrer avec grace, & où il eft aifé au lecteur de la fuppléer. *On ne con-*
fidére en France que ce qui plaît : c'eft la grande régle, & pour ainfi dire la feule. Je n'ai
donc pas cru que ce fût un crime de paffer par-deffus les anciennes coutumes, lorfque
je ne pouvois les mettre en ufage fans leur faire tort. Du temps d'Éfope, la fable étoit
contée fimplement, la moralité féparée, & toujours enfuite. Phédre eft venu qui ne
s'eft pas affujetti à cet ordre : il embellit la narration, & tranfporte quelquefois la moralité de la fin au commencement. Quand il feroit néceffaire de lui trouver place, je
ne manque à ce précepte, que pour en obferver un qui n'eft pas moins important :
c'eft Horace qui nous le donne. Cet auteur ne veut pas qu'un écrivain s'opiniâtre contre l'incapacité de fon efprit, ni contre celle de fa matiere. Jamais, à ce qu'il prétend,
un homme qui veut réuffir, n'en vient jufques-là; il abandonne les chofes dont il voit
bien qu'il ne fçauroit rien faire de bon.

Et quæ
Defperat tractata nitefcere poffe, relinquit.

C'eft ce que j'ai fait à l'égard de quelques moralités, du fuccès defqu'elles je n'ai pas
bien efpéré.

Il ne refte plus qu'à parler de la vie d'Éfope. Je ne vois prefque perfonne qui ne
tienne pour fabuleufe celle que Planude nous a laiffée. On s'imagine que cet auteur
a voulu donner à fon héros un caractére & des aventures qui répondiffent à fes fables.
Cela m'a paru d'abord fpécieux; mais j'ai trouvé à la fin peu de certitude en cette

b

critique. Elle eft en partie fondée fur ce qui fe paffe entre Xantus & Éfope : on y trouve trop de niaiferies ; & qui eft le fage, à qui de pareilles chofes n'arrivent point ? Toute la vie de Socrate n'a pas été férieufe. Ce qui me confirme en mon fentiment, c'eft que le caractére que Planude donne à Éfope, eft femblable à celui que Plutarque lui a donné dans fon banquet des fept fages, c'eft-à-dire, d'un homme fubtil, & qui ne laiffe rien paffer. On me dira que le banquet des fept fages eft auffi une invention. Il eft aifé de douter de tout : quant à moi, je ne vois pas bien pourquoi Plutarque auroit voulu impofer à la poftérité dans ce traité-là, lui qui fait profeffion d'être véritable par-tout ailleurs, & de conferver à chacun fon caractére. Quand cela feroit, je ne fçaurois que mentir fur la foi d'autrui : me croira-t-on moins que fi je m'arrête à la mienne ? car ce que je puis, eft de compofer un tiffu de mes conjectures, lequel j'intitulerai, Vie d'Éfope. Quelque vraifemblable que je le rende, on ne s'y affurera pas ; & fable pour fable, le lecteur préférera toujours celle de Planude à la mienne.

LA VIE

D'ÉSOPE

LE PHRYGIEN.

Nous n'avons rien d'assuré touchant la naissance d'Homere & d'Ésope; à peine même sçait-on ce qui leur est arrivé de plus remarquable. C'est dont il y a lieu de s'étonner, vû que l'histoire ne rejette pas des choses moins agréables & moins nécessaires que celle-là. Tant de destructeurs de nations, tant de Princes sans mérite ont trouvé des gens qui nous ont appris jusqu'aux moindres particularités de leur vie; & nous ignorons les plus importantes de celles d'Ésope & d'Homere, c'est-à-dire, des deux personnages qui ont le mieux mérité des siécles suivans. Car Homere n'est pas seulement le pere des Dieux, c'est aussi celui des bons Poëtes. Quant à Ésope, il me semble qu'on le devoit mettre au nombre des Sages, dont la Gréce s'est tant vantée; lui qui enseignoit la véritable sagesse, & qui l'enseignoit avec bien plus d'art que ceux qui en donnent des définitions & des régles. On a véritablement recueilli les vies de ces deux grands hommes; mais la plûpart des Sçavans les tiennent toutes deux fabuleuses, particulierement celle que Planude a écrite. Pour moi je n'ai pas voulu m'engager dans cette critique. Comme Planude vivoit dans un siécle où la mémoire des choses arrivées à Ésope ne devoit pas être encore éteinte, j'ai cru qu'il sçavoit par tradition ce qu'il a laissé. Dans cette croyance, je l'ai suivi, sans retrancher de ce qu'il a dit d'Ésope que ce qui m'a semblé trop puéril, ou qui s'écartoit en quelque façon de la bienséance.

Ésope étoit Phrygien, d'un bourg appellé *Amorium*. Il nâquit vers la cinquante-septiéme Olympiade, quelques deux cens ans après la fondation de Rome. On ne sçauroit dire s'il eut sujet de remercier la nature, ou bien de se plaindre d'elle : car en le douant d'un très-bel esprit, elle le fit naître difforme & laid de visage, ayant à peine figure d'homme, jusqu'à lui refuser presqu'entiérement l'usage de la parole. Avec ces défauts, quand il n'auroit pas été de condition à être esclave, il ne pouvoit pas manquer de le devenir. Au reste, son ame se maintint toujours libre & indépendante de la fortune.

Le premier maître qu'il eut, l'envoya aux champs labourer la terre; soit qu'il le jugeât incapable de toute autre chose, soit pour s'ôter de devant les yeux un objet si desagréable. Or il arriva que ce maître étant allé voir sa maison des champs, un paysan lui donna des figues : il les trouva belles, & les fit serrer fort soigneusement, donnant ordre à son sommelier, appellé Agathopus, de les lui apporter au sortir du bain. Le hazard voulut qu'Ésope eut affaire dans le logis. Aussi-tôt qu'il y fut entré, Agathopus se servit de l'occasion, & mangea les figues avec quelques-uns de ses camarades : puis ils rejetterent cette friponnerie sur Ésope, ne croyant pas qu'il se pût jamais justifier, tant il étoit bégue, & paroissoit idiot. Les châtimens dont les anciens usoient envers leurs esclaves, étoient fort cruels, & cette faute très-punissable. Le pauvre Ésope se jetta aux pieds de son maître; & se faisant en-

tendre du mieux qu'il put , il témoigna qu'il demandoit pour toute grace qu'on
fursît de quelques momens fa punition. Cette grace lui ayant été accordée , il alla
querir de l'eau tiéde , la but en préfence de fon Seigneur , fe mit les doigts dans la
bouche , & ce qui s'enfuit , fans rendre autre chofe que cette eau feule. Après
s'être ainfi juftifié , il fit figne qu'on obligeât les autres d'en faire autant. Chacun
demeura furpris : on n'auroit pas cru qu'une telle invention pût partir d'Éfope.
Agathopus & fes camarades ne parurent point étonnés. Ils burent de l'eau comme
le Phrygien avoit fait , & fe mirent les doigts dans la bouche ; mais ils fe garderent
bien de les enfoncer trop avant. L'eau ne laiffa pas d'agir , & de mettre en évidence
les figues toutes crües encore & toutes vermeilles. Par ce moyen Éfope fe garantit :
fes accufateurs furent punis doublement, pour leur gourmandife & pour leur méchanceté.

    Le lendemain , après que leur maître fut parti , & le Phrygien étant à fon travail
ordinaire , quelques voyageurs égarés (aucuns difent que c'étoient des Prêtres de
Diane) le prierènt , au nom de Jupiter Hofpitalier , qu'il leur enfeignât le chemin
qui conduifoit à la ville. Éfope les obligea premierement de fe repofer à l'ombre ;
puis leur ayant préfenté une légere collation , il voulut être leur guide , & ne les
quitta qu'après qu'il les eut remis dans leur chemin. Les bonnes gens leverent les
mains au ciel , & prierent Jupiter de ne pas laiffer cette action charitable fans récompenfe. A peine Éfope les eut quittés , que le chaud & la laffitude le contraigni-
rent de s'endormir. Pendant fon fommeil il s'imagina que la fortune étoit debout
devant lui , qui lui délioit la langue , & par même moyen lui faifoit préfent de cet
art dont on peut dire qu'il eft l'auteur. Réjoui de cette aventure , il s'éveilla en
furfaut ; & en s'éveillant : qu'eft ceci ? dit-il , ma voix eft devenue libre ; je prononce
bien un rateau , une charrue , tout ce que je veux. Cette merveille fut caufe qu'il
changea de maître. Car comme un certain Zénas , qui étoit là en qualité d'œconome ,
& qui avoit l'œil fur les efclaves , en eut battu un outrageufement pour une faute
qui ne le méritoit pas , Éfope ne put s'empêcher de le reprendre , & le menaça que
fes mauvais traitemens feroient fçus. Zénas , pour le prévenir , & pour fe venger de
lui , alla dire au maître qu'il étoit arrivé un prodige dans fa maifon ; que le Phrygien
avoit recouvré la parole ; mais que le méchant ne s'en fervoit qu'à blafphêmer & à
médire de leur Seigneur. Le maître le crut , & paffa bien plus avant ; car il lui donna
Éfope , avec liberté d'en faire ce qu'il voudroit. Zénas , de retour aux champs , un
marchand l'alla trouver , & lui demanda fi pour de l'argent il le vouloit accommoder
de quelque bête de fomme. Non pas cela , dit Zénas , je n'en ai pas le pouvoir ;
mais je te vendrai , fi tu veux , un de nos efclaves. Là-deffus , ayant fait venir
Éfope , le marchand dit : eft-ce afin de te moquer que tu me propofes l'achat de ce
perfonnage ? on le prendroit pour un outre. Dès que le marchand eut ainfi parlé ,
il prit congé d'eux , partie murmurant , partie riant de ce bel objet. Éfope le rap-
pella , & lui dit : achete-moi hardiment , je ne te ferai pas inutile. Si tu as des
enfans qui crient & qui foient méchans , ma mine les fera taire : on les menacera
de moi comme de la bête. Cette raillerie plut au marchand. Il acheta notre Phrygien
trois oboles , & dit en riant : les Dieux foient loués ; je n'ai pas fait grande acquifi-
tion , à la vérité ; auffi n'ai-je pas débourfé grand argent.

    Entr'autres denrées , ce marchand trafiquoit d'efclaves : fi bien qu'allant à Ephefe
pour fe défaire de ceux qu'il avoit , ce que chacun d'eux devoit porter pour la com-
modité du voyage fut départi felon leur emploi & felon leurs forces. Éfope pria que
l'on eût égard à fa taille ; qu'il étoit nouveau venu , & devoit être traité doucement.
Tu ne porteras rien , fi tu veux , lui repartirent fes camarades. Éfope fe piqua d'honneur , & voulut avoir fa charge comme les autres. On le laiffa donc choifir. Il prit

le panier au pain : c'étoit le fardeau le plus pefant. Chacun crut qu'il l'avoit fait par bêtife : mais dès la dinée le panier fut entamé, & le Phrygien déchargé d'autant : ainfi le foir, & de même le lendemain ; de façon qu'au bout de deux jours il marchoit à vuide. Le bon fens & le raifonnement du perfonnage furent admirés.

Quant au marchand, il fe défit de tous fes efclaves, à la réferve d'un grammairien, d'un chantre, & d'Éfope, lefquels il alla expofer en vente à Samos. Avant que de les mener fur la place, il fit habiller les deux premiers le plus proprement qu'il put, comme chacun farde fa marchandife : Éfope au contraire ne fut vêtu que d'un fac, & placé entre fes deux compagnons, afin de leur donner luftre. Quelques acheteurs fe préfenterent, entr'autres un philofophe appellé Xantus. Il demanda au grammairien & au chantre ce qu'ils fçavoient faire : tout, reprirent-ils. Cela fit rire le Phrygien, on peut s'imaginer de quel air. Planude rapporte qu'il s'en fallut peu qu'on ne prît la fuite, tant il fit une effroyable grimace. Le marchand fit fon chantre mille oboles ; fon grammairien trois mille, & en cas que l'on achetât l'un des deux, il devoit donner Éfope pardeffus le marché. La cherté du grammairien & du chantre dégoûta Xantus. Mais pour ne pas retourner chez foi fans avoir fait quelqu'emplette, fes difciples lui confeillerent d'acheter ce petit bout d'homme qui avoit ri de fi bonne grace : on en feroit un épouvantail, il divertiroit les gens par fa mine. Xantus fe laiffa perfuader, & fit prix d'Éfope à foixante oboles. Il lui demanda, devant que de l'acheter, à quoi il lui feroit propre, comme il l'avoit demandé à fes camarades. Éfope répondit : à rien, puifque les deux autres avoient tout retenu pour eux. Les commis de la douane remirent généreufement à Xantus le fol pour livre, & lui en donnerent quittance fans rien payer.

Xantus avoit une femme de goût affez délicat, & à qui toutes fortes de gens ne plaifoient pas ; fi bien que de lui aller préfenter férieufement fon nouvel efclave ; il n'y avoit pas d'apparence, à moins qu'il ne la voulût mettre en colere, & fe faire moquer de lui. Il jugea plus à propos d'en faire un fujet de plaifanterie, & alla dire au logis qu'il venoit d'acheter un jeune efclave le plus beau du monde, & le mieux fait. Sur cette nouvelle les filles qui fervoient fa femme fe penferent battre à qui l'auroit pour fon ferviteur ; mais elles furent bien étonnées quand le perfonnage parut. L'une fe mit la main devant les yeux, l'autre s'enfuit, l'autre fit un cri. La maîtreffe du logis dit que c'étoit pour la chaffer qu'on lui amenoit un tel monftre ; qu'il y avoit long-temps que le philofophe fe laffoit d'elle. De parole en parole le différend s'échauffa jufqu'à tel point, que la femme demanda fon bien, & voulut fe retirer chez fes parens. Xantus fit tant par fa patience, & Éfope par fon efprit, que les chofes s'accommoderent. On ne parla plus de s'en aller, & peut-être que l'accoutumance effaça à la fin une partie de la laideur du nouvel efclave.

Je laifferai beaucoup de petites chofes où il fit paroître la vivacité de fon efprit : car quoiqu'on puiffe juger par là de fon caractère, elles font de trop peu de conféquence pour en informer la poftérité. Voici feulement un échantillon de fon bon fens & de l'ignorance de fon maître. Celui-ci alla chez un jardinier fe choifir lui-même une falade. Les herbes cueillies, le jardinier le pria de lui fatisfaire l'efprit fur une difficulté qui regardoit la philofophie auffi-bien que le jardinage : c'eft que les herbes qu'il plantoit & qu'il cultivoit avec un grand foin, ne profitoient point ; tout au contraire de celles que la terre produifoit d'elle-même, fans culture ni amandement. Xantus rapporta le tout à la Providence, comme on a coutume de faire quand on eft court. Éfope fe mit à rire ; & ayant tiré fon maître à part, il lui confeilla de dire à ce jardinier qu'il lui avoit fait une réponfe ainfi générale, parce que la queftion n'étoit pas digne de lui ; il le laiffoit donc avec fon garçon, qui affurément le fatisferoit. Xantus s'étant allé promener d'un autre côté du jardin, Éfope compara la terre à une femme, qui ayant des enfans d'un premier mari, en épouseroit un second, qui auroit des enfans d'une autre femme : sa nouvelle épouse ne manqueroit pas de concevoir de l'aversion pour ceux-ci, & leur ôteroit la nourriture, afin que les siens en profitassent. Il en étoit ainsi de la terre, qui n'adoptoit qu'avec peine les productions du travail & de la culture, & qui réservoit toute sa tendresse & tous ses bienfaits pour les siennes seules : elle étoit marâtre des unes, & mere passionnée des autres. Le jardinier parut si content de cette raison, qu'il offrit à Ésope tout ce qui étoit dans son jardin.

Il arriva, quelque temps après, un grand différend entre le philosophe & sa femme. Le philosophe étant de festin, mit à part quelques friandises, & dit à Ésope : va porter ceci à ma bonne amie. Ésope l'alla donner à une petite chienne qui étoit les délices de son maître. Xantus, de retour, ne manqua pas de demander des nouvelles de son présent, & si on l'avoit trouvé bon. Sa femme ne comprenoit rien à ce langage : on fit venir Ésope pour l'éclaircir. Xantus, qui ne cherchoit qu'un prétexte pour le faire battre, lui demande s'il ne lui avoit pas dit expressément: va-t-en porter de ma part ces friandises à ma bonne amie? Ésope répondit là-dessus, que la bonne amie n'étoit pas la femme, qui, pour la moindre parole, menaçoit de faire un divorce; c'étoit la chienne, qui enduroit tout, & qui revenoit faire des caresses qu'on l'avoit battue. Le philosophe demeura court; mais sa femme entra dans une telle colére, qu'elle se retira d'avec lui. Il n'y eut parent ni ami par qui Xantus ne lui fit parler, sans que les raisons ni les priéres y gagnassent rien. Ésope s'avisa d'un stratagème. Il acheta force gibier, comme pour une nôce considérable, & fit tant qu'il fut rencontré par un des domestiques de sa maîtresse. Celui-ci lui demanda pourquoi tant d'apprêts. Ésope lui dit que son maître ne pouvant obliger sa femme de revenir, en alloit épouser une autre. Aussi-tôt que la Dame sçut cette nouvelle, elle retourna chez son mari, par esprit de contradiction, ou par jalousie. Ce ne fut pas sans la garder bonne à Ésope, qui tous les jours faisoit de nouvelles piéces à son maître, & tous les jours se sauvoit du châtiment par quelque trait de subtilité. Il n'étoit pas possible au philosophe de le confondre.

Un certain jour de marché, Xantus qui avoit le dessein de régaler quelques-uns de ses amis, lui commanda d'acheter ce qu'il y avoit de meilleur, & rien autre chose. Je t'apprendrai, dit en soi-même le Phrygien, à spécifier ce que tu souhaites, sans t'en remettre à la discrétion d'un esclave. Il n'acheta donc que des langues, lesquelles il fit accommoder à toutes les sausses : l'entrée, le second, l'entremets, tout ne fut que langues. Les conviés louerent d'abord le choix de ce mets, à la fin ils s'en dégouterent. Ne t'ai-je pas commandé, dit Xantus, d'acheter ce qu'il y auroit de meilleur? Eh qu'y a-t-il de meilleur que la langue? reprit Ésope. C'est le lien de la vie civile, la clef des sciences, l'organe de la vérité & de la raison: par elle on bâtit les villes & on les police; on instruit, on persuade, on régne dans les assemblées, on s'acquitte du premier de tous les devoirs, qui est de louer les Dieux. Et bien, dit Xantus, (qui prétendoit l'attraper) achete-moi demain ce qui est de pire : ces mêmes personnes viendront chez moi; & je veux diversifier.

Le lendemain Ésope ne fit servir que le même mets, disant que la langue est la pire chose qui soit au monde. C'est la mere de tous les débats, la nourrice des procès, la source des divisions & des guerres. Si on dit qu'elle est l'organe de la vérité, c'est aussi celui de l'erreur, & qui pis est, de la calomnie. Par elle on détruit les villes, on persuade de méchantes choses. Si, d'un côté, elle loue les Dieux, de l'autre, elle profére des blasphêmes contre leur puissance. Quelqu'un de la compagnie dit à Xantus, que véritablement ce valet lui étoit fort nécessaire; car il sçavoit le mieux du monde exercer la patience d'un philosophe. De quoi vous mettez-vous en peine?

reprit Éfope. Et trouve-moi, dit Xantus, un homme qui ne fe mette en peine de rien.

Éfope alla le lendemain fur la place ; & voyant un payfan qui regardoit toutes chofes avec la froideur & l'indifférence d'une ftatue, il amena ce payfan au logis. Voilà, dit-il à Xantus, l'homme fans fouci que vous demandez. Xantus commanda à fa femme de faire chauffer de l'eau, de la mettre dans un baffin, puis de laver elle-même les pieds de fon nouvel hôte. Le payfan la laiffa faire, quoiqu'il fçût fort bien qu'il ne méritoit pas cet honneur ; mais il difoit en lui-même : c'eft peut-être la coutume d'en ufer ainfi. On le fit affeoir au haut bout ; il prit fa place fans cé-rémonie. Pendant le repas, Xantus ne fit autre chofe que blâmer fon cuifinier : rien ne lui plaifoit ; ce qui étoit doux, il le trouvoit trop falé ; & ce qui étoit trop falé, il le trouvoit trop doux. L'homme fans fouci le laiffoit dire, & mangeoit de toutes fes dents. Au deffert, on mit fur la table un gâteau, que la femme du philofophe avoit fait : Xantus le trouva mauvais, quoiqu'il fût très-bon. Voilà, dit-il, la pâtifferie la plus méchante que j'aie jamais mangée : il faut brûler l'ouvriere, car elle ne fera de fa vie rien qui vaille : qu'on apporte des fagots. Attendez, dit le payfan, je m'en vais querir ma femme, on ne fera qu'un bucher pour toutes les deux. Ce dernier trait défarçonna le philofophe, & lui ôta l'efpérance de jamais attraper le Phrygien.

Or ce n'étoit pas feulement avec fon maître qu'Éfope trouvoit occafion de rire, & de dire des bons mots. Xantus l'avoit envoyé en certain endroit : il rencontra en chemin le Magiftrat, qui lui demanda où il alloit. Soit qu'Éfope fût diftrait, ou pour une autre raifon, il répondit qu'il n'en fçavoit rien. Le Magiftrat tenant à mépris & irrévérence cette réponfe, le fit mener en prifon. Comme les huiffiers le condui-foient : ne voyez-vous pas, dit-il, que j'ai très-bien répondu ? Sçavois-je que l'on me feroit aller où je vais ? Le Magiftrat le fit relâcher, & trouva Xantus heureux d'avoir un efclave fi plein d'efprit.

Xantus, de fa part, voyoit par là de quelle importance il lui étoit de ne point affranchir Éfope, & combien la poffeffion d'un tel efclave lui faifoit d'honneur. Même un jour, faifant la débauche avec fes difciples, Éfope qui les fervoit, vit que les fumées leur échauffoient déjà la cervelle, auffi-bien au maître qu'aux écoliers. La débauche de vin, leur dit-il, a trois degrés ; le premier, de volupté ; le fecond, d'ivrognerie ; le troifiéme, de fureur. On fe moqua de fon obfervation, & on conti-nua de vuider les pots. Xantus s'en donna jufqu'à perdre la raifon, & à fe vanter qu'il boiroit la mer. Cela fit rire la compagnie. Xantus foutint ce qu'il avoit dit, gagea fa maifon qu'il boiroit la mer toute entiere ; & pour affurance de la gageure, il dépofa l'anneau qu'il avoit au doigt.

Le jour fuivant, que les vapeurs de Bacchus furent diffipées, Xantus fut extrême-ment furpris de ne plus trouver fon anneau, lequel il tenoit fort cher. Efope lui dit qu'il étoit perdu, & que fa maifon l'étoit auffi, par la gageure qu'il avoit faite. Voilà le Philofophe bien allarmé. Il pria Efope de lui enfeigner une défaite. Éfope s'avifa de celle-ci.

Quand le jour que l'on avoit pris pour l'exécution de la gageure fut arrivé, tout le peuple de Samos accourut au rivage de la mer, pour être témoin de la honte du phi-lofophe. Celui de fes difciples qui avoit gagé contre lui, triomphoit déjà. Xantus dit à l'affemblée : Meffieurs, j'ai gagé véritablement que je boirois toute la mer, mais non pas les fleuves qui entrent dedans : c'eft pourquoi, que celui qui a gagé contre moi détourne leur cours, & puis je ferai ce que je me fuis vanté de faire. Chacun ad-mira l'expédient que Xantus avoit trouvé, pour fortir à fon honneur d'un fi mauvais pas. Le difciple conffeffa qu'il étoit vaincu, & demanda pardon à fon maître. Xantus fut reconduit jufqu'en fon logis avec acclamation.

Pour récompenfe, Éfope lui demanda la liberté, Xantus la lui refufa, & dit que le temps de l'affranchir n'étoit pas encore venu : si toutefois les Dieux l'ordonnoient ainsi, il y consentoit ; partant, qu'il prît garde au premier présage qu'il auroit étant sorti du logis : s'il étoit heureux, & que par exemple deux corneilles se présentassent à sa vûe, la liberté lui seroit donnée : s'il n'en voyoit qu'une, qu'il ne se lassât point d'être esclave. Ésope sortit aussi-tôt. Son maître étoit logé à l'écart, & apparemment vers un lieu couvert de grands arbres. A peine notre Phrygien fut hors, qu'il apperçut deux corneilles qui s'abbattirent sur le plus haut. Il en alla avertir son maître, qui voulut voir lui-même s'il disoit vrai. Tandis que Xantus venoit, l'une des corneilles s'envola. Me tromperas-tu toujours ? dit-il à Ésope : qu'on lui donne les étrivieres. L'ordre fut exécuté. Pendant le supplice du pauvre Ésope, on vint inviter Xantus à un repas : il promit qu'il s'y trouveroit. Hélas ! s'écria Ésope, les présages sont bien menteurs ! Moi qui ai vû deux corneilles, je suis battu ; mon maître qui n'en a vû qu'une, est prié de nôces. Ce mot plut tellement à Xantus, qu'il commanda qu'on cessât de fouetter Ésope : mais quant à la liberté, il ne se pouvoit résoudre à la lui donner, encore qu'il la lui promît en diverses occasions.

Un jour ils se promenoient tous deux parmi de vieux monumens, considérant avec beaucoup de plaisir les inscriptions qu'on y avoit mises. Xantus en apperçut une qu'il ne put entendre, quoiqu'il demeurât long-temps à en chercher l'explication. Elle étoit composée (1) des premieres lettres de certains mots. Le philosophe avoua ingénument que cela passoit son esprit. Si je vous fais trouver un trésor par le moyen de ces lettres, lui dit Ésope, quelle récompense aurai-je ? Xantus lui promit la liberté, & la moitié du trésor. Elle signifie, poursuivit Ésope, qu'à quatre pas de cette colonne nous en trouverons un. En effet ils le trouverent, après avoir creusé quelque peu dans la terre. Le philosophe fut sommé de tenir parole ; mais il reculoit toujours. Les Dieux me gardent de t'affranchir, dit-il à Ésope, que tu ne m'ayes donné avant cela l'intelligence de ces lettres : ce me sera un autre trésor plus précieux que celui que nous avons trouvé. On les a ici gravées, poursuivit Ésope, comme étant les premieres lettres de ces mots : ἀπόβαϛ, βήματα, &c. c'est-à-dire, si vous reculez quatre pas, & que vous creusiez, vous trouverez un trésor. Puisque tu es si subtil, repartit Xantus, j'aurois tort de me défaire de toi : n'espere donc pas que je t'affranchisse. Et moi, repliqua Ésope, je vous dénoncerai au Roi Denys ; car c'est à lui que le trésor appartient ; & ces mêmes lettres commencent d'autres mots qui le signifient. Le philosophe intimidé, dit au Phrygien qu'il prît sa part de l'argent, & qu'il n'en dît mot ; de quoi Ésope déclara ne lui avoir aucune obligation, ces lettres ayant été choisies de telle maniére qu'elles enfermoient un triple sens, & signifioient encore, *En vous en allant vous partagerez le trésor que vous aurez rencontré.* Dès qu'il fut de retour, Xantus commanda que l'on enfermât le Phrygien, & que l'on lui mît les fers aux pieds, de crainte qu'il n'allât publier cette aventure. Hélas ! s'écria Ésope, est-ce ainsi que les philosophes s'acquittent de leurs promesses ? Mais faites ce que vous voudrez, il faudra que vous m'affranchissiez malgré vous.

Sa prédiction se trouva vraie. Il arriva un prodige qui mit fort en peine les Samiens. Un aigle enleva l'anneau public (c'étoit apparemment quelque sceau que l'on apposoit aux délibérations du Conseil) & le fit tomber au sein d'un esclave. Le philosophe fut consulté là-dessus, & comme étant philosophe, & comme étant un des premiers de la République. Il demanda temps, & eut recours à son oracle ordinaire ; c'étoit Ésope. Celui-ci lui conseilla de le produire en public ; parce que s'il rencontroit bien, l'honneur en seroit toujours à son maître ; sinon, il n'y auroit que l'esclave de blâmé. Xantus approuva la chose, & le fit monter à la tribune aux harangues. Dès qu'on le vit, chacun s'éclata de rire ; personne ne s'imagina qu'il pût rien partir de raison-

(1) ἀπόβαϛ χ.

nable d'un homme fait de cette maniére. Éfope leur dit qu'il ne falloit pas confidérer la forme du vafe, mais la liqueur qui y étoit enfermée. Les Samiens lui crierent qu'il dit donc fans crainte ce qu'il jugeoit de ce prodige. Éfope s'en excufa fur ce qu'il n'ofoit le faire. La fortune, difoit-il, avoit mis un débat de gloire entre le maître & l'efclave : fi l'efclave difoit mal, il feroit battu ; s'il difoit mieux que le maître, il feroit battu encore. Auffi-tôt on preffa Xantus de l'affranchir. Le philofophe réfifta long-temps. A la fin le Prévôt de ville le menaça de le faire de fon office, & en vertu du pouvoir qu'il en avoit, comme Magiftrat; de façon que le philofophe fut obligé d'y donner les mains. Cela fait, Éfope dit que les Samiens étoient menacés de fervitude par ce prodige ; & que l'aigle enlevant leur fceau, ne fignifioit autre chofe qu'un Roi puiffant qui vouloit les affujettir.

Peu de temps après, Créfus, Roi des Lydiens, fit dénoncer à ceux de Samos qu'ils euffent à fe rendre fes tributaires, finon qu'il les y forceroit par les armes. La plûpart étoient d'avis qu'on lui obéit. Éfope leur dit que la fortune préfentoit deux chemins aux hommes ; l'un de liberté, rude & épineux au commencement, mais dans la fuite très-agréable ; l'autre d'efclavage, dont les commencemens étoient plus aifés, mais la fuite laborieufe. C'étoit confeiller affez intelligiblement aux Samiens de défendre leur liberté. Ils renvoyerent l'Ambaffadeur de Créfus avec peu de fatisfaction.

Créfus fe mit en état de les attaquer. L'Ambaffadeur lui dit, que tant qu'ils auroient Éfope avec eux, il auroit peine à les réduire à fes volontés, vû la confiance qu'ils avoient au bon fens du perfonnage. Créfus le leur envoya demander, avec promeffe de leur laiffer la liberté, s'ils le lui livroient. Des principaux de la ville trouverent ces conditions avantageufes, & ne crurent pas que leur repos leur coûtât trop cher, quand ils l'acheteroient aux dépens d'Éfope. Le Phrygien leur fit changer de fentiment, en leur contant que les loups & les brébis ayant fait un traité de paix, celles-ci don- nerent leurs chiens pour ôtages : quand elles n'eurent plus de défenfeurs, les loups les étranglerent avec moins de peine qu'ils ne faifoient. Cet apologue fit fon effet : les Samiens prirent une délibération toute contraire à celle qu'ils avoient prife. Éfope voulut toutefois aller vers Créfus, & dit qu'il les ferviroit plus utilement étant près du Roi, que s'il demeuroit à Samos.

Quand Créfus le vit, il s'étonna qu'une fi chétive créature lui eût été un fi grand obftacle. Quoi ! voilà celui qui fait qu'on s'oppofe à mes volontés ! s'écria-t-il. Éfope fe profterna à fes pieds. Un homme prenoit des fauterelles, dit-il ; une cigale lui tomba auffi fous la main : il s'en alloit la tuer comme, il avoit fait des fauterelles. Que vous ai-je fait ? dit-elle à cet homme : je ne ronge point vos bleds ; je ne vous procure aucun dommage ; vous ne trouverez en moi que la voix, dont je me fers fort innocemment. Grand Roi, je reffemble à cette cigale ; je n'ai que la voix, & ne m'en fuis point fervi pour vous offenfer. Créfus, touché d'admiration & de pitié, non feulement lui pardonna, mais il laiffa en repos les Samiens à fa confidération.

En ce temps-là, le Phrygien compofa fes fables, lefquelles il laiffa au Roi de Lydie, & fut envoyé par lui vers les Samiens, qui décernerent à Éfope de grands honneurs. Il lui prit auffi envie de voyager, & d'aller par le monde, s'entretenant de diverfes chofes avec ceux que l'on appelloit Philofophes. Enfin il fe mit en grand crédit près de Lycerus, Roi de Babilone. Les Rois d'alors s'envoyoient les uns aux autres des problêmes à réfoudre fur toutes fortes de matiéres, à condition de fe payer une efpece de tribut ou d'amende, felon qu'ils répondroient bien ou mal aux queftions propofées : en quoi Lycerus, affifté d'Éfope, avoit toujours l'avantage, & fe rendoit illuftre parmi les autres, foit à réfoudre, foit à propofer.

Cependant notre Phrygien fe maria, & ne pouvant avoir d'enfans, il adopta un jeune homme d'extraction noble, appellé Ennus. Celui-ci le paya d'ingratitude, &

fut fi méchant que d'ofer fouiller le lit de fon bienfaiteur. Cela étant venu à la connoiffance d'Éfope, il le chaffa. L'autre, afin de s'en venger, contrefit des lettres,
par lefquelles il fembloit qu'Éfope eût intelligence avec les Rois qui étoient émules
de Lycerus. Lycerus perfuadé par le cachet & par la fignature de ces lettres, commanda à un de fes officiers nommé Hermippus, que fans autre enquête, il fît mourir
promptement le traître Éfope. Cet Hermippus étant ami du Phrygien, lui fauva la
vie; & à l'infçu de tout le monde, le nourrit long-temps dans un fépulcre, jufqu'à
ce que Neétenabo, Roi d'Egypte, fur le bruit de la mort d'Éfope, crut à l'avenir rendre
Lycerus fon tributaire. Il ofa le provoquer, & le défia de lui envoyer des architeétes
qui fçuffent bâtir une tour en l'air, & par même moyen, un homme prêt à répondre
à toutes fortes de queftions. Lycerus ayant lû les lettres, & les ayant communiquées
aux plus habiles de fon état, chacun d'eux demeura court ; ce qui fit que le Roi re-
gretta Éfope : quand Hermippus lui dit qu'il n'étoit pas mort, il le fit venir. Le
Phrygien fut très-bien reçu, fe juftifia, & pardonna à Ennus. Quant à la lettre du
Roi d'Egypte, il n'en fit que rire, & manda qu'il envoyeroit au printemps des architeétes & le répondant à toutes fortes de queftions. Lycerus remit Éfope en poffeffion
de tous fes biens, & lui fit livrer Ennus pour en faire ce qu'il voudroit. Éfope le
reçut comme fon enfant ; &, pour toute punition, lui recommanda d'honorer les
Dieux & fon Prince, fe rendre terrible à fes ennemis, facile & commode aux autres ;
bien traiter fa femme, fans pourtant lui confier fon fecret ; parler peu, & chaffer de
chez foi les babillards ; ne fe point laiffer abattre aux malheurs ; avoir foin du lendemain, car il vaut mieux enrichir fes ennemis par fa mort, que d'être importun à
fes amis pendant fon vivant ; fur tout n'être point envieux du bonheur ni de la vertu
d'autrui, d'autant que c'eft fe faire du mal à foi-même. Ennus touché de ces aver-
tiffemens & de la bonté d'Éfope, comme un trait qui lui auroit pénétré le cœur,
mourut peu de temps après.

Pour revenir au défi de Neétenabo, Éfope choifit des aiglons, & les fit inftruire
(chofe difficile à croire) il les fit, dis-je, inftruire à porter en l'air chacun un panier,
dans lequel étoit un jeune enfant. Le printemps venu, il s'en alla en Egypte avec
tout cet équipage, non fans tenir en grande admiration & en attente de fon deffein
les peuples chez qui il paffoit. Neétenabo qui, fur le bruit de fa mort, avoit envoyé
l'énigme, fut extrêmement furpris de fon arrivée : il ne s'y attendoit pas, & ne fe
fût jamais engagé dans un tel défi contre Lycerus, s'il eût cru Éfope vivant. Il lui
demanda s'il avoit amené les architeétes & le répondant. Éfope dit que le répondant
étoit lui-même, & qu'il feroit voir les architeétes quand il feroit fur le lieu. On fortit
en pleine campagne, où les aigles enleverent les paniers avec les petits enfans, qui
crioient qu'on leur donnât du mortier, des pierres & du bois. Vous voyez, dit Éfope
à Neétenabo, que je vous ai trouvé les ouvriers : fourniffez-leur des matériaux. Neétenabo avoua que Lycerus étoit le vainqueur. Il propofa toutefois ceci à Éfope. J'ai
des cavales en Egypte qui conçoivent au hanniffement des chevaux qui font devers
Babilone : qu'avez-vous à répondre là-deffus ? Le Phrygien remit fa réponfe au lendemain ; & retourné qu'il fut au logis, il commanda à des enfans de prendre un chat, &
de le mener fouettant par les rues. Les Egyptiens qui adorent cet animal, fe trouverent extrêmement fcandalifés du traitement que l'on lui faifoit. Ils l'arracherent des
mains des enfans, & allerent fe plaindre au Roi. On fit venir en fa préfence le Phrygien.
Ne fçavez-vous pas, lui dit le Roi, que cet animal eft un de nos Dieux ? pourquoi
donc le faites - vous traiter de la forte ? C'eft pour l'offenfe qu'il a commife envers
Lycerus, reprit Éfope ; car la nuit derniere il lui a étranglé un coq extrêmement cou-
rageux, & qui chantoit à toutes les heures. Vous êtes un menteur, repartit le Roi :
comment feroit-il poffible que ce chat eût fait en fi peu de temps un fi long voyage ?

Et comment eft-il poffible, reprit Éfope, que vos jumens entendent de fi loin nos chevaux hannir, & conçoivent pour les entendre?

Enfuite de cela, le Roi fit venir d'Héliopolis certains perfonnages d'efprit fubtil, & fçavans en queftions-énigmatiques. Il leur fit un grand régal, où le Phrygien fut invité. Pendant le repas, ils propoferent à Éfope diverfes chofes, celle-ci entr'autres : Il y a un grand temple qui eft appuyé fur une colonne entourée de douze villes, chacune defquelles a trente arcboutans, & autour de ces arcboutans fe promenent, l'une après l'autre, deux femmes, l'une blanche, & l'autre noire. Il faut renvoyer, dit Éfope, cette queftion aux petits enfans de notre pays. Le temple eft le monde ; la colonne, l'an ; les villes, ce font les mois ; & les arcboutans, les jours, autour defquels fe promenent alternativement le jour & la nuit.

Le lendemain Neftenabo affembla tous fes amis. Souffrirez-vous, leur dit-il, qu'une moitié d'homme, qu'un avorton foit la caufe que Lycerus remporte le prix, & que j'aie la confufion pour mon partage ? Un d'eux s'avifa de demander à Éfope qu'il leur fit des queftions de chofes dont ils n'euffent jamais entendu parler. Éfope écrivit une cédule, par laquelle Neftenabo confeffoit de devoir deux mille talens à Lycerus. La cédule fut mife entre les mains de Neftenabo, toute cachetée. Avant qu'on l'ouvrît, les amis du Prince foûtinrent que la chofe contenue dans cet écrit étoit de leur connoiffance. Quand on l'eut ouverte, Neftenabo s'écria : voilà la plus grande fauffeté du monde ; je vous en prens à témoins tous tant que vous êtes. Il eft vrai, repartirent-ils, que nous n'en avons jamais entendu parler. J'ai donc fatisfait à votre demande, reprit Éfope. Neftenabo le renvoya comblé de préfens, tant pour lui que pour fon maitre.

Le féjour qu'il fit en Egypte eft peut-être caufe que quelques-uns ont écrit qu'il fut efclave avec Rhodope, celle-là qui, des libéralités de fes amans, fit élever une des trois pyramides qui fubfiftent encore, & qu'on voit avec admiration : c'eft la plus petite, mais celle qui eft bâtie avec plus d'art.

Éfope, à fon retour dans Babilone, fut reçu de Lycerus avec de grandes démonftrations de joie & de bienveillance : ce Roi lui fit ériger une ftatue. L'envie de voir & d'apprendre lui fit renoncer à tous ces honneurs. Il quitta la cour de Lycerus, où il avoit tous les avantages qu'on peut fouhaiter, & prit congé de ce Prince pour voir la Gréce encore une fois. Lycerus ne le laiffa pas partir fans embraffemens & fans larmes, & fans le faire promettre fur les autels qu'il reviendroit achever fes jours auprès de lui.

Entre les villes où il s'arrêta, Delphes fut une des principales. Les Delphiens l'écouterent fort volontiers, mais ils ne lui rendirent point d'honneurs. Éfope, piqué de ce mépris, les compara aux bâtons qui flotent fur l'onde : on s'imagine de loin que c'eft quelque chofe de confidérable ; de près on trouve que ce n'eft rien. La comparaifon lui coûta cher. Les Delphiens en conçurent une telle haine, & un fi violent defir de vengeance, (outre qu'ils craignoient d'être décriés par lui) qu'ils réfolurent de l'ôter du monde. Pour y parvenir, ils cacherent parmi fes hardes un de leurs vafes facrés, prétendant que par ce moyen ils convaincroient Éfope de vol & de facrilége, & qu'ils le condamneroient à la mort.

Comme il fut forti de Delphes, & qu'il eut pris le chemin de la Phocide, les Delphiens accoururent comme gens qui étoient en peine ; ils l'accuferent d'avoir dérobé leur vafe. Éfope le nia avec des fermens : on chercha dans fon équipage, & il fut trouvé. Tout ce qu'Éfope put dire, n'empêcha point qu'on ne le traitât comme un criminel infâme. Il fut ramené à Delphes, chargé de fers, mis dans des cachots, puis condamné à être précipité. Rien ne lui fervit de fe défendre avec fes armes ordinaires, & de raconter des apologues : les Delphiens s'en moquerent.

La grenouille, leur dit-il, avoit invité le rat à la venir voir. Afin de lui faire traverser l'onde, elle l'attacha à son pied. Dès qu'il fut sur l'eau, elle voulut le tirer au fond, dans le deffein de le noyer, & d'en faire enfuite un repas. Le malheureux rat réfifta quelque peu de tems. Pendant qu'il fe débattoit fur l'eau, un oifeau de proie l'apperçut, fondit fur lui; & l'ayant enlevé avec la grenouille qui ne fe put détacher, il fe reput de l'un & de l'autre. C'eft ainfi, Delphiens abominables, qu'un plus puiffant que nous me vengera : je périrai ; mais vous périrez auffi.

Comme on le conduifoit au fupplice, il trouva moyen de s'échapper, & entra dans une petite chapelle dédiée à Appollon. Les Delphiens l'en arracherent. Vous violez cet afyle, leur dit-il, parce que ce n'eft qu'une petite chapelle ; mais un jour viendra que votre méchanceté ne trouvera point de retraite fûre, non pas même dedans les temples. Il vous arrivera la même chofe qu'à l'aigle, laquelle, nonobftant les priéres de l'efcarbot, enleva un liévre qui s'étoit réfugié chez lui. La génération de l'aigle en fut punie jufques dans le giron de Jupiter. Les Delphiens peu touchés de tous ces exemples, le précipiterent.

Peu de tems après fa mort, une pefte très-violente exerça fur eux fes ravages. Ils demanderent à l'Oracle par quels moyens ils pourroient appaifer le courroux des Dieux. L'Oracle leur répondit, qu'il n'y en avoit point d'autre que d'expier leur forfait, & fatisfaire aux manes d'Efope. Auffi-tôt une pyramide fut élevée. Les Dieux ne témoignerent pas feuls combien ce crime leur déplaifoit ; les hommes vengerent auffi la mort de leur fage. La Gréce envoya des commiffaires pour en informer, & en fit une punition rigoureufe.

TABLE
DES FABLES
CONTENUES DANS LE PREMIER VOLUME.

LIVRE PREMIER.

FABLE I. *La Cigale & la Fourmi.* page 2
FABLE II. *Le Corbeau & le Renard.* 4
FABLE III. *La Grenouille qui se veut faire aussi grosse que le Bœuf.* 6
FABLE IV. *Les deux Mulets.* 8
FABLE V. *Le Loup & le Chien.* 9
FABLE VI. *La Génisse, la Chèvre & la Brebis, en société avec le Lion.* 12
FABLE VII. *La Besace.* 13
FABLE VIII. *L'Hirondelle & les petits Oiseaux.* 15
FABLE IX. *Le Rat de ville & le Rat des champs.* 18
FABLE X. *Le Loup & l'Agneau.* 20
FABLE XI. *L'Homme & son image.* 22
FABLE XII. *Le Dragon à plusieurs têtes, & le Dragon à plusieurs queues.* 24
FABLE XIII. *Les Voleurs & l'Ane.* 26
FABLE XIV. *Simonide préservé par les Dieux.* 27
FABLE XV. *La Mort & le Malheureux.* 30
FABLE XVI. *La Mort & le Bucheron.* 32
FABLE XVII. *L'Homme entre deux âges, & ses deux Maîtresses.* 33
FABLE XVIII. *Le Renard & la Cicogne.* 36
FABLE XIX. *L'Enfant & le Maître d'Ecole.* 38
FABLE XX. *Le Coq & la perle.* 40
FABLE XXI. *Les Frêlons & les Mouches à miel.* 41
FABLE XXII. *Le Chêne & le Roseau.* 43

LIVRE DEUXIÉME.

FABLE I. *Contre ceux qui ont le goût difficile.* 45
FABLE II. *Conseil tenu par les Rats.* 47
FABLE III. *Le Loup plaidant contre le Renard pardevant le Singe.* 50
FABLE IV. *Les deux Taureaux & une Grenouille.* 52
FABLE V. *La Chauve-souris & les deux Belettes.* 53
FABLE VI. *L'Oiseau blessé d'une flèche.* 56

FABLE VII. *La Lice & sa compagne.* 58
FABLE VIII. *L'Aigle & l'Escarbot.* 59
FABLE IX. *Le Lion & le Moucheron.* 61
FABLE X. *L'Ane chargé d'éponges & l'Ane chargé de sel.* 63
FABLE XI. *Le Lion & le Rat.* 66
FABLE XII. *La Colombe & la Fourmi.* 68
FABLE XIII. *L'Astrologue qui se laisse tomber dans un puits.* 69
FABLE XIV. *Le Liévre & les Grenouilles.* 71
FABLE XV. *Le Coq & le Renard.* 73
FABLE XVI. *Le Corbeau voulant imiter l'Aigle.* 76
FABLE XVII. *Le Paon se plaignant à Junon.* 78
FABLE XVIII. *La Chatte métamorphosée en Femme.* 79
FABLE XIX. *Le Lion & l'Ane chassans.* 82
FABLE XX. *Testament expliqué par Esope.* 84

LIVRE TROISIÉME.

FABLE I. *Le Meunier, son Fils, & l'Ane.* 88
FABLE II. *Les membres & l'estomac.* 91
FABLE III. *Le Loup devenu Berger.* 93
FABLE IV. *Les Grenouilles qui demandent un roi.* 95
FABLE V. *Le Renard & le Bouc.* 97
FABLE VI. *L'Aigle, la Laye & la Chatte.* 99
FABLE VII. *L'Ivrogne & sa Femme.* 102
FABLE VIII. *La Goutte & l'Araignée.* 103
FABLE IX. *Le Loup & la Cicogne.* 106
FABLE X. *Le Lion abbatu par l'Homme.* 108
FABLE XI. *Le Renard & les raisins.* 110
FABLE XII. *Le Cygne & le Cuisinier.* 112
FABLE XIII. *Les Loups & les Brebis.* 114
FABLE XIV. *Le Lion devenu vieux.* 116
FABLE XV. *Philomele & Progné.* 118
FABLE XVI. *La Femme noyée.* 119
FABLE XVII. *La Belette entrée dans un grenier.* 122
FABLE XVIII. *Le Chat & un vieux Rat.* 123

FIN DE LA TABLE DU PREMIER VOLUME.

FABLES

FABLES
CHOISIES.

A MONSEIGNEUR
LE DAUPHIN.

Je chante les Héros dont Esope est le pere,
Troupe de qui l'histoire, encor que mensongere,
Contient des vérités qui servent de leçons.
Tout parle en mon ouvrage, & même les poissons.
Ce qu'ils disent s'adresse à tous tant que nous sommes.
Je me sers d'Animaux pour instruire les Hommes.
ILLUSTRE REJETON D'UN PRINCE aimé des Cieux,
Sur qui le monde entier a maintenant les yeux,
Et qui, faisant fléchir les plus superbes têtes,
Comptera déformais ses jours par ses conquêtes,
Quelqu'autre te dira, d'une plus forte voix,
Les faits de tes ayeux, & les vertus des Rois.
Je vais t'entretenir de moindres aventures,
Te tracer, en ces vers, de légeres peintures;
Et si de t'agréer je n'emporte le prix,
J'aurai du moins l'honneur de l'avoir entrepris.

A

LIVRE PREMIER.

FABLE I.

LA CIGALE ET LA FOURMI.

La Cigale ayant chanté
       Tout l'été,
Se trouva fort dépourvûe
Quand la bife fut venue.
Pas un feul petit morceau
De mouche ou de vermiffeau.
Elle alla crier famine
Chez la Fourmi fa voifine,
La priant de lui prêter
Quelque grain pour fubfifter
Jufqu'à la faifon nouvelle.
Je vous pairai, lui dit-elle,
Avant l'Oût, foi d'animal,
Intérêt & principal.
La Fourmi n'eft pas prêteufe:
C'eft là fon moindre défaut.
Que faifiez-vous au temps chaud?
Dit-elle à cette emprunteufe.
Nuit & jour à tout venant
Je chantois, ne vous déplaife.
Vous chantiez? J'en fuis fort aife;
Hé bien, danfez maintenant.

LA CIGALE ET LA FOURMI. Fable I.

FABLE II.

LE CORBEAU

ET

LE RENARD.

FABLE II.

Le Corbeau et le Renard.

Maître Corbeau fur un arbre perché,
Tenoit en fon bec un fromage:
Maître Renard, par l'odeur alléché,
Lui tint à peu près ce langage.
Hé bon jour, Monfieur du Corbeau!
Que vous êtes joli! Que vous me femblez beau!
Sans mentir, fi votre ramage
Se rapporte à votre plumage,
Vous êtes le phénix des hôtes de ces bois.
A ces mots, le Corbeau ne fe fent pas de joie:
Et pour montrer fa belle voix,
Il ouvre un large bec, laiffe tomber fa proie.
Le Renard s'en faifit, & dit: mon bon Monfieur,
Apprenez que tout flatteur
Vit aux dépens de celui qui l'écoute:
Cette leçon vaut bien un fromage fans doute.
Le Corbeau honteux & confus
Jura, mais un peu tard, qu'on ne l'y prendroit plus.

J.B. Oudry inv.

P.P. Tardieu sculp.

FABLE III.

LA GRENOUILLE

QUI SE VEUT FAIRE

AUSSI GROSSE

QUE LE BŒUF.

B

FABLE III.

LA GRENOUILLE QUI SE VEUT FAIRE AUSSI GROSSE QUE LE BŒUF.

Une Grenouille vit un Bœuf,
     Qui lui fembla de belle taille.
Elle qui n'étoit pas groffe en tout comme un œuf,
Envieufe s'étend, & s'enfle, & fe travaille,
     Pour égaler l'animal en groffeur,
       Difant : regardez bien, ma fœur,
Eft-ce affez ? Dites-moi, n'y fuis-je point encore ?
Nenni. M'y voici donc ? Point du tout. M'y voila ?
Vous n'en approchez point. La chetive pécore
     S'enfla fi bien, qu'elle creva.

Le monde eft plein de gens qui ne font pas plus fages :
Tout bourgeois veut bâtir comme les grands feigneurs :
     Tout petit prince a des ambaffadeurs :
     Tout marquis veut avoir des pages.

LA GRENOUILLE QUI SE VEUT FAIRE AUSSI GROSSE QUE LE BŒUF. Fable III

J.B. Oudry inv.   C. Cochin aqua forti. R. Gaillard cælo sculp.

FABLE IV.

LES DEUX

MULETS.

FABLE IV.

LES DEUX MULETS.

Deux Mulets cheminoient, l'un d'avoine chargé,
    L'autre portant l'argent de la gabelle.
Celui-ci, glorieux d'une charge fi belle,
N'eût voulu pour beaucoup en être foulagé.
      Il marchoit d'un pas relevé,
      Et faifoit fonner fa fonnette :
      Quand l'ennemi fe préfentant,
      Comme il en vouloit à l'argent,
Sur le Mulet du fifc une troupe fe jette,
      Le faifit au frein & l'arrête.
      Le Mulet, en fe défendant,
Se fent percer de coups, il gémit, il foupire.
Eft-ce donc là, dit-il, ce qu'on m'avoit promis ?
Ce Mulet qui me fuit, du danger fe retire,
      Et moi j'y tombe & j'y péris.
      Ami, lui dit fon camarade,
Il n'eft pas toujours bon d'avoir un haut emploi :
Si tu n'avois fervi qu'un meûnier, comme moi,
      Tu ne ferois pas fi malade.

LES DEUX MULETS. Fable IV.

J. B. Oudry inv.   Gravé à l'eau forte par C. Cochin. Terminé au burin par Chenu

LES DEUX MULETS. *Fable IV.* 2.me *planche.*

Oudry inv.

Gravé à l'eau forte par C. Cochin, Terminé au burin par Mr Aubert.

FABLE V.

LE LOUP ET LE CHIEN.

Un Loup n'avoit que les os & la peau,
  Tant les chiens faifoient bonne garde:
Ce Loup rencontre un Dogue auffi puiffant que beau,
Gras, poli, qui s'étoit fourvoyé par mégarde.
  L'attaquer, le mettre en quartiers,
  Sire Loup l'eût fait volontiers;
  Mais il falloit livrer bataille;
  Et le Mâtin étoit de taille
  A fe défendre hardiment.
  Le.Loup donc l'aborde humblement,
  Entre en propos, & lui fait compliment
  Sur fon embonpoint qu'il admire.
  Il ne tiendra qu'à vous, beau fire,
D'être auffi gras que moi, lui repartit le Chien.
  Quittez les bois, vous ferez bien:
  Vos pareils y font miférables,
  Cancres, hères & pauvres diables,
Dont la condition eft de mourir de faim.
Car quoi? rien d'affuré: point de franche lipée;
  Tout à la pointe de l'épée.
Suivez-moi, vous aurez un bien meilleur deftin.
  Le Loup reprit: que me faudra-t-il faire?
Prefque rien, dit le Chien, donner la chaffe aux gens
  Portant bâtons, & mendians;
Flatter ceux du logis, à fon maître complaire:
  Moyennant quoi, votre falaire
Sera force reliefs de toutes les façons,
  Os de poulets, os de pigeons,
  Sans parler de mainte careffe.

C

Le Loup déja fe forge une félicité,

      Qui le fait pleurer de tendreffe.

Chemin faifant, il vit le col du Chien pelé :

Qu'eft-cela ? lui dit-il. Rien. Quoi rien ? Peu de chofe.

Mais encor ? Le collier dont je fuis attaché,

De ce que vous voyez eft peut-être la caufe.

Attaché ! dit le Loup : vous ne courez donc pas

      Où vous voulez ? Pas toujours, mais qu'importe ?

Il importe fi bien, que de tous vos repas

      Je ne veux en aucune forte ;

Et ne voudrois pas même à ce prix un tréfor.

Cela dit, maître Loup s'enfuit, & court encor.

J.B. Oudry inv.

C. Baquoy sculp.

FABLE VI.

LA GÉNISSE,

LA CHÉVRE

ET LA BREBIS,

EN SOCIÉTÉ

AVEC

LE LION.

FABLE VI.

La Génisse, la Chévre et la Brebis, en société avec le Lion.

La Géniſſe, la Chévre, & leur ſœur la Brebis,
Avec un fier Lion, ſeigneur du voiſinage,
Firent ſociété, dit-on, au temps jadis,
Et mirent en commun le gain & le dommage.
Dans les lacs de la Chévre un cerf ſe trouva pris.
Vers ſes aſſociés auſſi-tôt elle envoie.
Eux venus, le Lion par ſes ongles compta,
Et dit : nous ſommes quatre à partager la proie ;
Puis, en autant de parts le cerf il dépeça :
Prit pour lui la premiere en qualité de ſire :
Elle doit être à moi, dit-il ; & la raiſon,
   C'eſt que je m'appelle Lion :
   A cela l'on n'a rien à dire.
La ſeconde, par droit, me doit échoir encor :
Ce droit, vous le ſçavez, c'eſt le droit du plus fort.
Comme le plus vaillant je prétens la troiſiéme.
Si quelqu'une de vous touche à la quatriéme,
   Je l'étranglerai tout d'abord.

LA GENISSE, LA CHEVRE ET LA BREBIS, EN SOCIETE AVEC LE LION. Fable VI.

J.B. Oudry inv.

P.E. Moitte Sculp.

FABLE VII.

La Besace.

Jupiter dit un jour : que tout ce qui refpire
S'en vienne comparoître aux pieds de ma grandeur.
Si dans fon compofé quelqu'un trouve à redire,
    Il peut le déclarer fans peur :
    Je mettrai reméde à la chofe.
Venez, finge, parlez le premier ; & pour caufe :
Voyez ces animaux ; faites comparaifon
    De leurs beautés avec les vôtres.
Etes-vous fatisfait ? moi, dit-il, pourquoi non ?
N'ai-je pas quatre pieds auffi-bien que les autres ?
Mon portrait, jufqu'ici, ne m'a rien reproché :
Mais pour mon frere l'ours on ne l'a qu'ébauché ;
Jamais, s'il me veut croire, il ne fe fera peindre.
L'ours venant là-deffus, on crut qu'il s'alloit plaindre.
Tant s'en faut, de fa forme il fe loua très-fort,
Glofa fur l'éléphant, dit qu'on pourroit encor
Ajoûter à fa queue, ôter à fes oreilles,
Que c'étoit une maffe informe & fans beauté.
    L'éléphant étant écouté,
Tout fage qu'il étoit, dit des chofes pareilles.
    Il jugea qu'à fon appétit,
    Dame baleine étoit trop groffe.
Dame fourmi trouva le ciron trop petit,
    Se croyant pour elle un coloffe.
Jupin les renvoya s'étant cenfurés tous ;
Du refte contens d'eux. Mais parmi les plus fous
Notre efpéce excella ; car tout ce que nous fommes,
Lynx envers nos pareils, & taupes envers nous,
Nous nous pardonnons tout, & rien aux autres hommes.
On fe voit d'un autre œil qu'on ne voit fon prochain.
                                        D

Le Fabricateur fouverain
Nous créa befaciers tous de même maniére,
Tant ceux du temps paffé que du temps d'aujourd'hui.
Il fit pour nos défauts la poche de derriere,
Et celle de devant pour les défauts d'autrui.

LA BESACE. Fable VII.

FABLE VIII.

L'Hirondelle et les petits Oiseaux.

Une Hirondelle en fes voyages
Avoit beaucoup appris. Quiconque a beaucoup vû,
 Peut avoir beaucoup retenu.
Celle-ci prévoyoit jufqu'aux moindres orages,
 Et, devant qu'ils fuffent éclos,
 Les annonçoit aux matelots.
Il arriva qu'au temps que la chanvre fe feme,
Elle vit un manant en couvrir maints fillons.
Ceci ne me plaît pas, dit-elle aux oifillons,
Je vous plains : car pour moi, dans ce péril extrême,
Je fçaurai m'éloigner, ou vivre en quelque coin.
Voyez-vous cette main qui par les airs chemine?
 Un jour viendra, qui n'eft pas loin,
Que ce qu'elle répand fera votre ruine.
De-là naîtront engins à vous envelopper,
 Et lacets pour vous attraper;
 Enfin mainte & mainte machine,
 Qui caufera dans la faifon
 Votre mort ou votre prifon;
 Gare la cage ou le chaudron.
 C'eft pourquoi, leur dit l'Hirondelle,
 Mangez ce grain, & croyez-moi.
 Les Oifeaux fe moquerent d'elle :
 Ils trouvoient aux champs trop de quoi.
 Quand la chéneviere fut verte,
L'Hirondelle leur dit : arrachez brin à brin
 Ce qu'a produit ce maudit grain,
 Ou foyez fûrs de votre perte.
Prophéte de malheur, babillarde, dit-on,
 Le bel emploi que tu nous donnes!

Il nous faudroit mille perſonnes
Pour éplucher tout ce canton.
La chanvre étant tout-à-fait crûe,
L'Hirondelle ajoûta : ceci ne va pas bien,
Mauvaiſe graine eſt tôt venue.
Mais puiſque juſqu'ici l'on ne m'a crue en rien,
Dès que vous verrez que la terre
Sera couverte, & qu'à leurs bleds
Les gens n'étant plus occupés,
Feront aux Oiſillons la guerre,
Quand reginglettes & réſeaux
Attraperont petits Oiſeaux,
Ne volez plus de place en place ;
Demeurez au logis, ou changez de climat :
Imitez le canard, la grue & la bécaſſe.
Mais vous n'êtes pas en état
De paſſer, comme nous, les déſerts & les ondes,
Ni d'aller chercher d'autres mondes :
C'eſt pourquoi vous n'avez qu'un parti qui ſoit ſûr,
C'eſt de vous renfermer aux trous de quelque mur.
Les Oiſillons, las de l'entendre,
Se mirent à jaſer auſſi confuſément,
Que faiſoient les Troyens, quand la pauvre Caſſandre
Ouvroit la bouche ſeulement.
Il en prit aux uns comme aux autres.
Maint Oiſillon ſe vit eſclave retenu.

Nous n'écoutons d'inſtincts que ceux qui ſont les nôtres,
Et ne croyons le mal que quand il eſt venu.

L'HIRONDELLE ET LES PETITS OYSEAUX. Fable VIII.

FABLE IX.

LE RAT DE VILLE

ET

LE RAT DES CHAMPS.

E

FABLE IX.

Le Rat de ville et le Rat des champs.

Autrefois le Rat de ville
Invita le Rat des champs,
D'une façon fort civile,
A des reliefs d'ortolans.

Sur un tapis de Turquie
Le couvert fe trouva mis.
Je laiffe à penfer la vie
Que firent ces deux amis.

Le régal fut fort honnête,
Rien ne manquoit au feftin:
Mais quelqu'un troubla la fête
Pendant qu'ils étoient en train.

A la porte de la fale
Ils entendirent du bruit.
Le Rat de ville détale,
Son camarade le fuit.

Le bruit ceffe, on fe retire:
Rats en campagne auffi-tôt:
Et le citadin de dire,
Achevons tout notre rôt.

C'eft affez, dit le ruftique:
Demain vous viendrez chez moi.
Ce n'eft pas que je me pique
De tous vos feftins de roi.

Mais rien ne vient m'interrompre:
Je mange tout à loifir.
Adieu donc, fi du plaifir
Que la crainte peut corrompre.

J.B. Oudry inv.

LE RAT DE VILLE ET LE RAT DES CHAMPS, Fable IX.

J. Burnet Sculp.

FABLE X.

LE LOUP

ET

L'AGNEAU.

FABLE X.

Le Loup et l'Agneau.

La raifon du plus fort eft toujours la meilleure,
    Nous l'allons montrer tout à l'heure.
    Un Agneau fe défaltéroit
    Dans le courant d'une onde pure.
Un Loup furvient à jeun, qui cherchoit aventure,
    Et que la faim en ces lieux attiroit.
Qui te rend fi hardi de troubler mon breuvage?
    Dit cet animal plein de rage.
Tu feras châtié de ta témérité.
Sire, répond l'Agneau, que votre majefté
    Ne fe mette pas en colere,
    Mais plutôt qu'elle confidere
    Que je me vas défaltérant
        Dans le courant,
    Plus de vingt pas au deffous d'elle ;
Et que par conféquent, en aucune façon,
    Je ne puis troubler fa boiffon.
Tu la troubles, reprit cette bête cruelle ;
Et je fçai que de moi tu médis l'an paffé.
Comment l'aurois-je fait fi je n'étois pas né ?
    Reprit l'Agneau, je téte encor ma mere.
    Si ce n'eft toi, c'eft donc ton frere.
    Je n'en ai point. C'eft donc quelqu'un des tiens ;
    Car vous ne m'épargnez guère,
    Vous, vos bergers & vos chiens.
On me l'a dit : il faut que je me venge.
    Là-deffus, au fond des forêts
    Le Loup l'emporte, & puis le mange,
    Sans autre forme de procès.

LE LOUP ET L'AGNEAU. Fable. X.

FABLE XI.

L'HOMME

ET

SON IMAGE.

F

FABLE XI.

L'Homme et son image.

Pour M. le Duc de la Rochefoucault.

Un Homme, qui s'aimoit fans avoir de rivaux,
Paffoit dans fon efprit pour le plus beau du monde.
Il accufoit toujours les miroirs d'être faux,
Vivant plus que content dans fon erreur profonde.
Afin de le guérir, le fort officieux
   Préfentoit par-tout à fes yeux
Les confeillers muets dont fe fervent nos dames.
Miroirs dans les logis, miroirs chez les marchands,
   Miroirs aux poches des galans,
   Miroirs aux ceintures des femmes.
Que fait notre Narciffe? il fe va confiner
Aux lieux les plus cachés qu'il peut s'imaginer,
N'ofant plus des miroirs éprouver l'aventure.
Mais un canal, formé par une fource pure,
   Se trouve en ces lieux écartés:
Il s'y voit, il fe fâche, & fes yeux irrités
Penfent appercevoir une chimere vaine.
Il fait tout ce qu'il peut pour éviter cette eau.
   Mais quoi! le canal eft fi beau,
   Qu'il ne le quitte qu'avec peine.

   On voit bien où je veux venir.
  Je parle à tous; & cette erreur extrême
Eft un mal que chacun fe plaît d'entretenir.
Notre ame, c'eft cet homme amoureux de lui-même:
Tant de miroirs, ce font les fottifes d'autrui,
Miroirs, de nos défauts les peintres légitimes.
   Et quant au canal, c'eft celui
  Que chacun fçait, le livre des maximes.

FABLE XII.

LE DRAGON

A PLUSIEURS TÊTES,

ET LE DRAGON

A PLUSIEURS QUEUES.

FABLE XII.

LE DRAGON A PLUSIEURS TÊTES, ET LE DRAGON
A PLUSIEURS QUEUES.

Un envoyé du Grand Seigneur,
Préféroit, dit l'hiſtoire, un jour chez l'Empereur,
Les forces de ſon maître à celles de l'Empire.
       Un Allemand ſe mit à dire :
       Notre Prince a des dépendans
         Qui, de leur chef, ſont ſi puiſſans,
Que chacun d'eux pourroit foudoyer une armée.
       Le Chiaoux, homme de ſens,
         Lui dit : je ſçai par renommée,
Ce que chaque Électeur peut de monde fournir ;
       Et cela me fait ſouvenir
D'une aventure étrange, & qui pourtant eſt vraie.

J'étois en un lieu ſûr, lorſque je vis paſſer
Les cent têtes d'une Hydre au travers d'une haie.
       Mon ſang commence à ſe glacer ;
       Et je crois qu'à moins on s'effraie.
Je n'en eus toutefois que la peur ſans le mal.
       Jamais le corps de l'animal
Ne put venir vers moi, ni trouver d'ouverture.
       Je rêvois à cette aventure,
Quand un autre Dragon qui n'avoit qu'un ſeul chef,
Et bien plus d'une queue, à paſſer ſe préſente.
       Me voilà ſaiſi derechef
       D'étonnement & d'épouvante.
Ce chef paſſe, & le corps, & chaque queue auſſi ;
Rien ne les empêcha, l'un fit chemin à l'autre.
       Je ſoutiens qu'il en eſt ainſi
       De votre Empereur & du nôtre.

LE DRAGON A PLUSIEURS TÊTES, ET LE DRAGON A PLUSIEURS QUEUES. Fable XII.

J.B. Oudry inv.   C.N. Cochin p. aqua forti, N. Beauvais caela, sculp. cœunt.

LE DRAGON A PLUSIEURS TETES, ET LE DRAGON A PLUSIEURS QUEUES. *Fable XII.* 2. *pl.*

FABLE XIII.

LES VOLEURS

ET

L' Â N E.

G

FABLE XIII.

Les Voleurs et l'Âne.

Pour un Âne enlevé deux Voleurs se battoient :
L'un vouloit le garder, l'autre le vouloit vendre.
Tandis que coups de poings trotoient,
Et que nos champions songeoient à se défendre,
Arrive un troisiéme larron,
Qui saisit maître Aliboron.

L'âne, c'est quelquefois une pauvre province.
Les voleurs sont tel & tel prince,
Comme le Transilvain, le Turc & le Hongrois :
Au lieu de deux j'en ai rencontré trois.
Il est assez de cette marchandise.
De nul d'eux n'est souvent la province conquise.
Un quart voleur survient, qui les accorde net,
En se saisissant du baudet.

LES VOLEURS ET L'ÂNE. Fable XIII.

J. B. Oudry inv.   P. F. Tardieu Sculp.

FABLE XIV.

SIMONIDE PRÉSERVÉ PAR LES DIEUX.

On ne peut trop louer trois fortes de perfonnes,
    Les Dieux, fa Maîtreffe & fon Roi.
Malherbe le difoit : j'y foufcris quant à moi :
    Ce font maximes toujours bonnes.
La louange chatouille & gagne les efprits.
Les faveurs d'une belle en font fouvent le prix.
Voyons comme les Dieux l'ont quelquefois payée.

    Simonide avoit entrepris
L'éloge d'un athlete ; &, la chofe effayée,
Il trouva fon fujet plein de récits tout nus.
Les parens de l'athlete étoient gens inconnus,
Son pere un bon bourgeois, lui fans autre mérite :
    Matiere infertile & petite.
Le poëte d'abord, parla de fon héros.
Après en avoir dit ce qu'il en pouvoit dire,
Il fe jette à côté, fe met fur le propos
De Caftor & Pollux, ne manque pas d'écrire
Que leur exemple étoit aux luteurs glorieux ;
Éleve leurs combats, fpécifiant les lieux
Où ces freres s'étoient fignalés davantage.
    Enfin, l'éloge de ces dieux
    Faifoit les deux tiers de l'ouvrage.
L'athlete avoit promis d'en payer un talent ;
    Mais quand il le vit, le galant
N'en donna que le tiers ; & dit fort franchement
Que Caftor & Pollux acquitaffent le refte.
Faites - vous contenter par ce couple célefte.
    Je vous veux traiter cependant :
Venez fouper chez moi : nous ferons bonne vie.

Les conviés font gens choifis,
Mes parens, mes meilleurs amis.
Soyez donc de la compagnie.
Simonide promit. Peut-être qu'il eût peur
De perdre, outre fon dû, le gré de fa louange.
Il vient, l'on feftine, l'on mange.
Chacun étant en belle humeur,
Un domeftique accourt, l'avertit qu'à la porte
Deux hommes demandoient à le voir promptement.
Il fort de table, & la cohorte
N'en perd pas un feul coup de dent.
Ces deux hommes étoient les gémeaux de l'éloge.
Tous deux lui rendent grace, & pour prix de fes vers,
Ils l'avertiffent qu'il déloge,
Et que cette maifon va tomber à l'envers.
La prédiction en fut vraie.
Un pilier manque, & le plafond
Ne trouvant plus rien qui l'étaie,
Tombe fur le feftin, brife plats & flacons,
N'en fait pas moins aux échanfons.
Ce ne fut pas le pis: car pour rendre complette
La vengeance dûe au poëte,
Une poutre caffa les jambes à l'athlete,
Et renvoya les conviés
Pour la plûpart eftropiés.
La renommée eut foin de publier l'affaire.
Chacun cria miracle; on doubla le falaire
Que méritoient les vers d'un homme aimé des Dieux.
Il n'étoit fils de bonne mere,
Qui, les payant à qui mieux mieux,
Pour fes ancêtres n'en fît faire.

Je reviens à mon texte; & dis premiérement,
Qu'on ne fçauroit manquer de louer largement
Les Dieux & leurs pareils: de plus, que Melpoméne

SIMONIDE PRESERVÉ PAR LES DIEUX, Fable XIV.

Souvent, fans déroger, trafique de fa peine:
Enfin, qu'on doit tenir notre art à quelque prix.
Les grands fe font honneur dès lors qu'ils nous font grace.

Jadis l'Olympe & le Parnaffe
Etoient freres & bons amis.

H

FABLE XV.

LA MORT ET LE MALHEUREUX.

Un Malheureux appelloit tous les jours
         La Mort à fon fecours.
O Mort, lui difoit-il, que tu me fembles belle !
Viens vîte, viens finir ma fortune cruelle.
La Mort crut, en venant, l'obliger en effet.
Elle frappe à fa porte, elle entre, elle fe montre.
Que vois-je ! cria-t-il, ôtez-moi cet objet ;
         Qu'il eft hideux ! que fa rencontre
         Me caufe d'horreur & d'effroi !
N'approche pas, ô Mort, ô Mort, retires-toi.

         Mécénas fut un galant homme :
Il a dit quelque part, qu'on me rende impotent,
Cul de jatte, gouteux, manchot ; pourvu qu'en fomme
Je vive, c'eft affez, je fuis plus que content.
Ne viens jamais, ô Mort, on t'en dit tout autant.

*Cé fujet a été traité d'une autre façon par Efope, comme la Fable fuivante le fera
voir. Je compofai celle-ci pour une raifon qui me contraignoit de rendre la chofe ainfi
générale. Mais quelqu'un me fit connoître que j'euffe beaucoup mieux fait de fuivre mon
original, & que je laiffois paffer un des plus beaux traits qui fut dans Efope. Cela
m'obligea d'y avoir recours. Nous ne fçaurions aller plus avant que les Anciens : ils ne
nous ont laiffé pour notre part que la gloire de les bien fuivre. Je joins toutefois ma
Fable à celle d'Efope, non que la mienne le mérite, mais à caufe du mot de Mécénas
que j'y fais entrer, & qui eft fi beau & fi à propos, que je n'ai pas crû le devoir omettre·*

LA MORT ET LE MALHEUREUX. Fable XV.

J.B. Oudry inv.

C.h. Baquoy Sculp.

FABLE XVI.

LA MORT

ET

LE BUCHERON.

FABLE XVI.

LA MORT ET LE BUCHERON.

Un pauvre Bucheron tout couvert de ramée,
Sous le faix du fagot auffi-bien que des ans,
Gémiffant & courbé marchoit à pas pefans,
Et tâchoit de gagner fa chaumine enfumée.
Enfin, n'en pouvant plus d'effort & de douleur,
Il met bas fon fagot, il fonge à fon malheur.
Quel plaifir a-t-il eu depuis qu'il eft au monde?
En eft-il un plus pauvre en la machine ronde?
Point de pain quelquefois, & jamais de repos.
Sa femme, fes enfans, les foldats, les impots,
        Le créancier & la corvée,
Lui font d'un malheureux la peinture achevée.
Il appelle la Mort; elle vient fans tarder:
        Lui demande ce qu'il faut faire.
        C'eft, dit-il, afin de m'aider
A recharger ce bois; tu ne tarderas guére.
        Le trépas vient tout guérir,
        Mais ne bougeons d'où nous fommes.
        Plutôt fouffrir que mourir,
        C'eft la devife des hommes.

LA MORT ET LE BUCHERON. Fable XVI.

FABLE XVII.

L'Homme entre deux âges et ses deux
Maîtresses.

Un homme de moyen âge,
Et tirant fur le grifon,
Jugea qu'il étoit faifon
De fonger au mariage.
Il avoit du comptant,
Et partant
De quoi choifir. Toutes vouloient lui plaire :
En quoi notre amoureux ne fe preffoit pas tant.
Bien adreffer n'eft pas une petite affaire.
Deux veuves fur fon cœur eurent le plus de part :
L'une encor verte ; & l'autre un peu bien mûre,
Mais qui réparoit par fon art
Ce qu'avoit détruit la nature.
Ces deux veuves en badinant,
En riant, en lui faifant fête,
L'alloient quelquefois teftonnant,
C'eft-à-dire, ajuftant fa tête.
La vieille à tout moment de fa part emportoit
Un peu du poil noir qui reftoit,
Afin que fon amant en fut plus à fa guife.
La jeune faccageoit les poils blancs à fon tour.
Toutes deux firent tant que notre tête grife
Demeura fans cheveux, & fe douta du tour.
Je vous rends, leur dit-il, mille graces, les belles,
Qui m'avez fi bien tondu :
J'ai plus gagné que perdu ;
Car d'hymen point de nouvelles.

I

Celle que je prendrois voudroit qu'à sa façon
Je vécuffe, & non à la mienne.
Il n'eſt tête chauve qui tienne :
Je vous fuis obligé, belles, de la leçon.

L'HOMME ENTRE DEUX ÂGES, ET SES DEUX MAÎTRESSES. Fable XVII.

J.B.Oudry inv.

C.Carlin oqua fecit, R.Gaillard cælo sculp.

FABLE XVIII.

LE RENARD

ET

LA CICOGNE.

FABLE XVIII.

LE RENARD ET LA CICOGNE.

Compere le Renard fe mit un jour en frais,
Et retint à dîner commere la Cicogne.
Le régal fut petit, & fans beaucoup d'apprêts.
    Le galant, pour toute befogne,
Avoit un brouet clair, (il vivoit chichement)
Ce brouet fut par lui fervi fur une affiette.
La Cicogne au long bec n'en put attraper miette ;
Et le drôle eut lapé le tout en un moment.
    Pour fe venger de cette tromperie,
A quelque temps de là, la Cicogne le prie.
Volontiers, lui dit-il, car avec mes amis
    Je ne fais point cérémonie.
    A l'heure dite, il courut au logis
        De la Cicogne fon hôteffe,
        Loua très-fort fa politeffe,
        Trouva le dîner cuit à point.
Bon appétit furtout, Renards n'en manquent point :
Il fe réjouiffoit à l'odeur de la viande
Mife en menus morceaux, & qu'il croyoit friande.
    On fervit, pour l'embarraffer,
En un vafe à long col, & d'étroite embouchure.
Le bec de la Cicogne y pouvoit bien paffer,
Mais le mufeau du fire étoit d'autre mefure,
Il lui fallut à jeun retourner au logis,
Honteux comme un Renard qu'une Poule auroit pris,
    Serrant la queue, & portant bas l'oreille.

        Trompeurs, c'eft pour vous que j'écris,
        Attendez-vous à la pareille.

LE RENARD ET LA CICOGNE . Fable XVIII.

J.B. Oudry inv.   J.J. Flipart Sculp.

FABLE XIX.

L' E N F A N T

ET

LE MAÎTRE D'ÉCOLE.

K

FABLE XIX.

L'Enfant et le Maître d'École.

Dans ce récit je prétens faire voir
D'un certain fot la remontrance vaine.

Un jeune enfant dans l'eau fe laiffa cheoir,
En badinant fur les bords de la Seine.
Le Ciel permit qu'un faule fe trouva,
Dont le branchage, après Dieu, le fauva.
S'étant pris, dis-je, aux branches de ce faule;
Par cet endroit paffe un Maître d'École.
L'enfant lui crie, au fecours, je péris.
Le Magifter fe tournant à fes cris,
D'un ton fort grave à contre-temps s'avife
De le tancer. Ah le petit babouin!
Voyez, dit-il, où l'a mis fa fotife!
Et puis, prenez de tels fripons le foin.
Que les parens font malheureux, qu'il faille
Toujours veiller à femblable canaille!
Qu'ils ont de maux! & que je plains leur fort!
Ayant tout dit, il mit l'enfant à bord.

Je blâme ici plus de gens qu'on ne penfe.
Tout babillard, tout cenfeur, tout pédant,
Se peut connoître au difcours que j'avance.
Chacun des trois fait un peuple fort grand:
Le Créateur en a béni l'engeance.
En toute affaire, ils ne font que fonger
   Au moyen d'exercer leur langue.
Hé, mon ami, tire-moi du danger,
   Tu feras après ta harangue.

L'ENFANT ET LE MAÎTRE D'ÉCOLE. Fable XIX.

J.B. Oudry inv.   P. E. Moitte Sculp.

FABLE XX.

LE COQ

ET

LA PERLE.

FABLE XX.

LE COQ ET LA PERLE.

Un jour un Coq détourna
Une perle qu'il donna
Au beau premier Lapidaire.
Je la crois fine, dit-il,
Mais le moindre grain de mil
Seroit bien mieux mon affaire.

Un ignorant hérita
D'un manufcrit, qu'il porta
Chez fon voifin le Libraire.
Je crois, dit-il, qu'il eft bon,
Mais le moindre ducaton
Seroit bien mieux mon affaire.

LE COQ ET LA PERLE. Fab. XX.

J.B. Oudry inv.

Chenu Sculp.

FABLE XXI.

LES FRÊLONS ET LES MOUCHES A MIEL.

A l'œuvre on connoît l'artifan.

Quelques rayons de miel fans maître fe trouverent :
　　　　Des Frêlons les réclamerent.
　　　Des Abeilles s'oppofant,
Devant certaine Guêpe on traduifit la caufe.
Il étoit mal-aifé de décider la chofe.
Les témoins dépofoient qu'autour de ces rayons,
Des animaux aîlés, bourdonnans, un peu longs,
De couleur fort tannée, & tels que les Abeilles,
Avoient long-temps paru. Mais quoi! Dans les Frêlons
　　　　Ces enfeignes étoient pareilles.
La Guêpe ne fachant que dire à ces raifons,
Fit enquête nouvelle; &, pour plus de lumiére,
　　　　Entendit une fourmilliére.
　　　　Le point n'en put être éclairci.
　　　　De grace, à quoi bon tout ceci?
　　　　Dit une Abeille fort prudente;
Depuis tantôt fix mois que la caufe eft pendante,
　　　　Nous voici comme aux premiers jours.
　　　　Pendant cela le miel fe gâte.
Il eft temps déformais que le Juge fe hâte.
　　　　N'a-t-il point affez léché l'Ours?
Sans tant de contredits & d'interlocutoires,
　　　　Et de fratras, & de grimoires,
　　　　Travaillons, les Frêlons & nous :
On verra qui fçait faire, avec un fuc fi doux,
　　　　Des cellules fi bien bâties.
　　　　Le refus des Frêlons fit voir

L

Que cet art paſſoit leur ſçavoir;
Et la Guêpe adjugea le miel à leurs parties.

Plût à Dieu qu'on réglât ainſi tous les procès!
Que des Turcs en cela l'on ſuivît la méthode!
Le ſimple ſens commun nous tiendroit lieu de Code:
Il ne faudroit point tant de frais.
Au lieu qu'on nous mange, on nous gruge,
On nous mine par des longueurs.
On fait tant à la fin que l'huître eſt pour le Juge,
Les écailles pour les plaideurs.

FABLE XXII.

Le Chêne et le Roseau.

Le Chêne un jour dit au Roseau :
Vous avez bien sujet d'accuser la Nature ;
Un Roitelet pour vous est un pesant fardeau.
  Le moindre vent qui d'aventure
  Fait rider la face de l'eau,
  Vous oblige à baisser la tête :
Cependant que mon front, au Caucase pareil,
Non content d'arrêter les rayons du Soleil,
  Brave l'effort de la tempête.
Tout vous est aquilon, tout me semble zéphir.
Encor si vous naissiez à l'abri du feuillage
  Dont je couvre le voisinage,
  Vous n'auriez pas tant à souffrir,
  Je vous défendrois de l'orage.
  Mais vous naissez le plus souvent
Sur les humides bords des royaumes du vent.
La Nature envers vous me semble bien injuste.
Votre compassion, lui répondit l'arbuste,
Part d'un bon naturel ; mais quittez ce souci :
 Les vents me sont moins qu'à vous redoutables.
Je plie, & ne romps pas. Vous avez jusqu'ici
  Contre leurs coups épouvantables
  Résisté sans courber le dos :
Mais attendons la fin. Comme il disoit ces mots,
Du bout de l'horizon accourt avec furie
  Le plus terrible des enfans
Que le nord eût porté jusque-là dans ses flancs.
  L'Arbre tient bon ; le Roseau plie :

Le vent redouble ſes efforts,
Et fait ſi bien qu'il déracine
Celui de qui la tête au ciel étoit voiſine,
Et dont les pieds touchoient à l'empire des morts.

Fin du premier Livre.

LE CHÊNE ET LE ROSEAU. Fable XXII.

J.B. Oudry inv.

J.P. Tardieu sculp.

FABLES CHOISIES.

LIVRE SECOND.

F A B L E   I.

CONTRE CEUX QUI ONT LE GOÛT DIFFICILE.

Quand j'aurois en naiſſant reçu de Calliope
Les dons qu'à ſes Amans cette Muſe a promis,
Je les conſacrerois aux menſonges d'Éſope :
Le menſonge & les vers de tout temps ſont amis.
Mais je ne me crois pas ſi chéri du Parnaſſe
Que de ſçavoir orner toutes ces fictions ;
On peut donner du luſtre à leurs inventions :
On le peut, je l'eſſaie ; un plus ſçavant le faſſe.
Cependant juſqu'ici d'un langage nouveau
J'ai fait parler le loup & répondre l'agneau :
J'ai paſſé plus avant, les arbres & les plantes
Sont devenus chez moi créatures parlantes.
Qui ne prendroit ceci pour un enchantement ?
      Vraiment me diront nos critiques,
      Vous parlez magnifiquement
      De cinq ou ſix contes d'enfant.
Cenſeurs, en voulez-vous qui ſoient plus autentiques
Et d'un ſtyle plus haut ? En voici. Les Troyens,
Après dix ans de guerre autour de leurs murailles,
Avoient laſſé les Grecs, qui, par mille moyens,
      Par mille aſſauts, par cent batailles,
N'avoient pû mettre à bout cette fiére Cité :
Quand un cheval de bois, par Minerve inventé,

M

D'un rare & nouvel artifice,
Dans fes énormes flancs reçut le fage Ulyffe,
Le vaillant Diomede, Ajax l'impétueux,
     Que ce coloffe monftrueux
Avec leurs efcadrons devoit porter dans Troye,
Livrant à leur fureur fes Dieux mêmes en proie:
Stratagême inoui, qui des fabricateurs
     Paya la conftance & la peine.
C'eft affez, me dira quelqu'un de nos auteurs,
La période eft longue, il faut reprendre haleine.
     Et puis, votre cheval de bois,
     Vos héros avec leurs phalanges,
     Ce font des contes plus étranges,
Qu'un renard qui cajole un corbeau fur fa voix.
De plus, il vous fied mal d'écrire en fi haut ftyle.
Et bien, baiffons d'un ton. La jaloufe Amarille
Songeoit à fon Alcipe, & croyoit de fes foins
N'avoir que fes moutons & fon chien pour témoins.
Tircis qui l'aperçut, fe gliffe entre des faules;
Il entend la bergère adreffant ces paroles
     Au doux zéphir, & le priant
     De les porter à fon amant.
     Je vous arrête à cette rime,
     Dira mon cenfeur à l'inftant:
     Je ne la tiens pas légitime,
     Ni d'une affez grande vertu.
Remettez, pour le mieux, ces deux vers à la fonte.
     Maudit cenfeur, te tairas-tu?
     Ne fçaurois-je achever mon conte?
     C'eft un deffein très-dangereux
     Que d'entreprendre de te plaire.
     Les délicats font malheureux:
     Rien ne fçauroit les fatisfaire.

                        (*Fable XXIII.*)

CONTRE CEUX QUI ONT LE GOUT DIFFICILE . Fable XXIII.

J.B. Oudry inv.

C. Cochin aigné fortis, Gaillard Carlo sculp.

FABLE II.

Conseil tenu par les Rats.

Un Chat nommé Rodilardus,
Faiſoit de Rats telle déconfiture,
Que l'on n'en voyoit preſque plus,
Tant il en avoit mis dedans la ſépulture.
Le peu qu'il en reſtoit n'oſant quitter ſon trou,
Ne trouvoit à manger que le quart dè ſon ſou;
Et Rodilard paſſoit, chez la gent miſérable,
Non pour un Chat, mais pour un diable.
Or un jour qu'au haut & au loin
Le galant alla chercher femme,
Pendant tout le ſabbat qu'il fit avec ſa dame,
Le demeurant des Rats tint chapitre en un coin
Sur la néceſſité préſente.
Dès l'abord, leur doyen, perſonne très-prudente,
Opina qu'il falloit, & plutôt que plus tard,
Attacher un grelot au cou de Rodilard;
Qu'ainſi, quand il iroit en guerre,
De ſa marche avertis ils s'enfuiroient ſous terre;
Qu'il n'y ſçavoit que ce moyen.
Chacun fut de l'avis de monſieur le doyen.
Choſe ne leur parut à tous plus ſalutaire;
La difficulté fut d'attacher le grelot.
L'un dit : je n'y vas point, je ne ſuis pas ſi ſot:
L'autre : je ne ſçaurois. Si bien que ſans rien faire
On ſe quitta. J'ai maints chapitres vûs,
Qui pour néant ſe font ainſi tenus;
Chapitres, non de Rats, mais chapitres de Moines;
Voire chapitres de Chanoines.

Ne faut-il que délibérer?
La Cour en Conseillers foisonne.
Est-il besoin d'exécuter?
L'on ne rencontre plus personne.

(*Fable XXIV.*)

J. B. Oudry inv.

R. Gaillard Sculp.

FABLE III.

LE LOUP

PLAIDANT

CONTRE LE RENARD,

PARDEVANT

LE SINGE.

N

FABLE III.

Le Loup plaidant contre le Renard, pardevant le Singe.

Un Loup difoit que l'on l'avoit volé.
Un Renard, fon voifin, d'affez mauvaife vie,
Pour ce prétendu vol par lui fut appellé.
     Devant le Singe il fut plaidé,
Non point par Avocats, mais par chaque partie.
     Thémis n'avoit point travaillé,
De mémoire de Singe, à fait plus embrouillé.
Le Magiftrat fuoit en fon lit de juftice.
     Après qu'on eut bien contefté,
     Repliqué, crié, tempêté;
     Le Juge, inftruit de leur malice,
Leur dit: je vous connois de long-temps, mes amis,
     Et tous deux vous pairez l'amende:
Car toi, Loup, tu te plains, quoiqu'on ne t'ait rien pris,
Et toi, Renard, as pris ce que l'on te demande.
Le Juge prétendoit, qu'à tort & à travers,
On ne fçauroit manquer, condamnant un pervers.

Quelques perfonnes de bon fens ont cru que l'impoffibilité & la contradiction qui eft dans le jugement de ce Singe, étoit une chofe à cenfurer; mais je ne m'en fuis fervi qu'après Phédre. C'eft en cela que confifte le bon mot, felon mon avis.

(Fable XXV.)

LE LOUP PLAIDANT CONTRE LE RENARD PARDEVANT LE SINGE. Fable XXV.

FABLE IV.

LES

DEUX TAUREAUX

ET

UNE GRENOUILLE.

FABLE IV.

LES DEUX TAUREAUX ET UNE GRENOUILLE.

Deux Taureaux combattoient à qui posséderoit
   Une Génisse avec l'empire.
   Une Grenouille en soupiroit.
   Qu'avez-vous? se mit à lui dire
   Quelqu'un du peuple croassant.
   Et ne voyez-vous pas, dit-elle,
   Que la fin de cette querelle
Sera l'exil de l'un; que l'autre le chassant,
Le fera renoncer aux campagnes fleuries?
Il ne régnera plus sur l'herbe des prairies,
Viendra dans nos marais régner sur les roseaux;
Et nous foulant aux pieds jusques au fond des eaux,
Tantôt l'une, & puis l'autre; il faudra qu'on pâtisse
Du combat qu'a causé madame la Génisse.
   Cette crainte étoit de bon sens.
   L'un des Taureaux en leur demeure
   S'alla cacher à leurs dépens,
   Il en écrasoit vingt par heure.
   Hélas! On voit que de tout temps
Les petits ont pâti des sottises des grands.

(*Fable XXVI.*)

LES DEUX TAUREAUX ET UNE GRENOUILLE. Fable XXVI.

FABLE V.

LA CHAUVE-SOURIS ET LES DEUX BELETTES.

Une Chauve-souris donna tête baissée,
Dans un nid de Belette : & si-tôt qu'elle y fut,
L'autre, envers les Souris de long-temps courroucée,
   Pour la dévorer accourut.
Quoi ? vous osez, dit-elle, à mes yeux vous produire,
Après que votre race a tâché de me nuire ?
N'êtes-vous pas Souris ? Parlez sans fiction.
Oui, vous l'êtes, ou bien je ne suis pas Belette.
   Pardonnez-moi, dit la pauvrette,
   Ce n'est pas ma profession.
Moi Souris ! Des méchans vous ont dit ces nouvelles :
   Grace à l'Auteur de l'univers,
   Je suis oiseau : voyez mes aîles :
   Vive la gent qui fend les airs.
   Sa raison plut, & sembla bonne.
   Elle fait si bien, qu'on lui donne
   Liberté de se retirer.
   Deux jours après, notre étourdie
   Aveuglément se va fourrer
Chez une autre Belette aux oiseaux ennemie.
La voilà derechef en danger de sa vie.
La dame du logis, avec son long museau,
S'en alloit la croquer en qualité d'oiseau,
Quand elle protesta qu'on lui faisoit outrage.
Moi, pour telle passer ! Vous n'y regardez pas.
   Qui fait l'oiseau ? c'est le plumage.
   Je suis Souris : vive les Rats ;
   Jupiter confonde les Chats.

            O

Par cette adroite repartie
Elle fauva deux fois fa vie.

Plufieurs fe font trouvés qui d'écharpe changeans,
Aux dangers, ainfi qu'elle, ont fouvent fait la figue.
Le Sage dit, felon les gens,
Vive le Roi, vive la Ligue.

(*Fable* XXVII.)

LA CHAUVESOURIS ET LES DEUX BELETTES. Fable XXVII.

FABLE VI.
L'OISEAU
BLESSÉ
D'UNE FLÉCHE.

FABLE VI.

L'OISEAU BLESSÉ D'UNE FLÉCHE.

Mortellement atteint d'une fléche empennée,
Un Oiseau déploroit sa triste destinée;
Et disoit en souffrant un surcroît de douleur,
Faut-il contribuer à son propre malheur?
     Cruels humains, vous tirez de nos aîles
De quoi faire voler ces machines mortelles.
Mais ne vous moquez point, engeance sans pitié:
Souvent il vous arrive un sort comme le nôtre.
Des enfans de Japet toujours une moitié
     Fournira des armes à l'autre.

(*Fable XXVIII.*)

L'OISEAU BLESSE D'UNE FLECHE. Fable XXVII.

J.B. Oudry inv.

P.F. Tardieu sculp

FABLE VII.

LA LICE

ET

SA COMPAGNE.

P

FABLE VII.

La Lice et sa Compagne.

Une Lice étant fur fon terme,
Et ne fçachant où mettre un fardeau fi pefant,
Fait fi bien qu'à la fin fa Compagne confent
De lui prêter fa hute, où la Lice s'enferme.
Au bout de quelque temps fa Compagne revient.
La Lice lui demande encore une quinzaine:
Ses petits ne marchoient, difoit-elle, qu'à peine.
　　Pour faire court, elle l'obtient.
Ce fecond terme échû, l'autre lui redemande
　　Sa maifon, fa chambre, fon lit.
La Lice cette fois montre les dents, & dit:
Je fuis prête à fortir avec toute ma bande,
　　Si vous pouvez nous mettre hors.
　　Ses enfans étoient déja forts.

Ce qu'on donne aux méchans, toujours on le regrette.
　　Pour tirer d'eux ce qu'on leur prête,
　　Il faut que l'on en vienne aux coups;
　　Il faut plaider, il faut combattre.
　　Laiffez-leur prendre un pied chez vous,
　　Ils en auront bientôt pris quatre.

(*Fable XXIX.*)

LA LICE ET SA COMPAGNE . Fable XXIX .

J.B. Oudry inv.   P.E. Moitte Sculp.

FABLE VIII.

L'Aigle et l'Escarbot.

L'Aigle donnoit la chasse à maître Jean Lapin,
Qui droit à son terrier s'enfuyoit au plus vîte.
Le trou de l'Escarbot se rencontre en chemin.
  Je laisse à penser si ce gîte
Étoit sûr : mais où mieux ? Jean Lapin s'y blotit.
L'Aigle fondant sur lui, nonobstant cet asyle,
  L'Escarbot intercede, & dit :
Princesse des oiseaux, il vous est fort facile
D'enlever, malgré moi, ce pauvre malheureux :
Mais ne me faites pas cet affront, je vous prie ;
Et puisque Jean Lapin vous demande la vie,
Donnez-la lui, de grace, ou l'ôtez à tous deux :
  C'est mon voisin, c'est mon compere.
L'oiseau de Jupiter, sans répondre un seul mot,
  Choque de l'aîle l'Escarbot,
  L'étourdit, l'oblige à se taire,
Enleve Jean Lapin. L'Escarbot indigné,
Vole au nid de l'Oiseau, fracasse en son absence
Ses œufs, ses tendres œufs, sa plus douce espérance :
  Pas un seul ne fut épargné.
L'Aigle étant de retour, & voyant ce ménage,
Remplit le ciel de cris ; &, pour comble de rage,
Ne sçait sur qui venger le tort qu'elle a souffert.
Elle gémit en vain, sa plainte au vent se perd :
Il fallut, pour cet an, vivre en mere affligée.
L'an suivant, elle mit son nid en lieu plus haut.
L'Escarbot prend son temps, fait faire aux œufs le saut.
La mort de Jean Lapin, derechef est vengée.
Ce second deuil fut tel que l'écho de ces bois
  N'en dormit de plus de six mois.

L'oifeau qui porte Ganiméde,
Du Monarque des Dieux enfin implore l'aide,
Dépofe en fon giron fes œufs, & croit qu'en paix
Ils feront dans ce lieu; que pour fes intérêts,
Jupiter fe verra contraint de les défendre:
Hardi qui les iroit là prendre.
Auffi ne les y prit-on pas.
Leur ennemi changea de note;
Sur la robe du Dieu fit tomber une crotte:
Le Dieu la fecouant jetta les œufs à bas.
Quand l'Aigle fçut l'inadvertance,
Elle menaça Jupiter
D'abandonner fa Cour, d'aller vivre au défert:
De quitter toute dépendance,
Avec mainte autre extravagance.
Le pauvre Jupiter fe tut.
Devant fon tribunal l'Efcarbot comparut,
Fit fa plainte, & conta l'affaire.
On fit entendre à l'Aigle enfin qu'elle avoit tort.
Mais les deux ennemis ne voulant point d'accord,
Le Monarque des Dieux s'avifa, pour bien faire,
De tranfporter le temps où l'Aigle fait l'amour,
En une autre faifon, quand la race Efcarbote
Eft en quartier d'hyver, & comme la Marmote,
Se cache & ne voit point le jour.

(*Fable* xxx.)

L'AIGLE ET L'ESCARBOT. Fable XXX.

FABLE IX.

Le Lion et le Moucheron.

Va-t-en, chétif insecte, excrément de la terre :
  C'est en ces mots que le Lion
  Parloit un jour au Moucheron.
  L'autre lui déclara la guerre.
Penses-tu, lui dit-il, que ton titre de roi
  Me fasse peur, ni me soucie ?
  Un bœuf est plus puissant que toi,
  Je le mène à ma fantaisie.
  A peine il achevoit ces mots,
  Que lui-même il sonna la charge,
  Fut le trompette & le héros.
  Dans l'abord il se met au large,
  Puis, prend son temps, fond sur le cou
  Du Lion qu'il rend presque fou.
Le quadrupéde écume, & son œil étincelle :
Il rugit : on se cache, on tremble à l'environ ;
  Et cette alarme universelle
  Est l'ouvrage d'un Moucheron.
Un avorton de mouche en cent lieux le harcelle,
Tantôt pique l'échine, & tantôt le museau,
  Tantôt entre au fond du nâseau.
La rage alors se trouve à son faîte montée.
L'invisible ennemi triomphe, & rit de voir
Qu'il n'est griffe ni dent en la bête irritée,
Qui de la mettre en sang ne fasse son devoir.
Le malheureux Lion se déchire lui-même,
Fait résonner sa queue à l'entour de ses flancs,
Bat l'air, qui n'en peut mais ; & sa fureur extrême
Le fatigue, l'abat : le voilà sur les dents.

      Q

L'infecte, du combat fe retire avec gloire:
Comme il fonna la charge, il fonne la victoire,
Va par-tout l'annoncer, & rencontre en chemin
  L'embufcade d'une araignée:
  Il y rencontre auffi fa fin.

Quelle chofe par-là, peut nous être enfeignée?
J'en vois deux, dont l'une eft qu'entre nos ennemis
Les plus à craindre font fouvent les plus petits:
L'autre, qu'aux grands périls tel a pû fe fouftraire,
  Qui périt pour la moindre affaire.

(*Fable XXXI.*)

LE LION ET LE MOUCHERON. Fable XXXI.

J.B. Oudry inv.

N. Ponce sculp.

FABLE X.

L'Âne chargé d'éponges, et l'Âne chargé
de sel.

Un Anier, son sceptre à la main,
Menoit en Empereur Romain
Deux coursiers à longues oreilles.
L'un, d'éponges chargé, marchoit comme un courier;
Et l'autre, se faisant prier,
Portoit, comme on dit, les bouteilles.
Sa charge étoit de sel. Nos gaillards pélerins
· Par monts, par vaux & par chemins
Au gué d'une riviere à la fin arriverent,
Et fort empêchés se trouverent.
L'Anier, qui tous les jours traversoit ce gué-là,
Sur l'Ane à l'éponge monta,
Chassant devant lui l'autre bête,
Qui voulant en faire à sa tête,
Dans un trou se précipita,
Revint sur l'eau, puis s'échappa :
Car au bout de quelques nagées
Tout son sel se fondit si bien,
Que le Baudet ne sentit rien
Sur ses épaules soulagées.
Camarade épongier prit exemple sur lui,
Comme un mouton qui va dessus la foi d'autrui.
Voilà mon Ane à l'eau, jusqu'au col il se plonge,
Lui, le conducteur & l'éponge.
Tous trois bûrent d'autant : l'Anier & le Grison
Firent à l'éponge raison.
Celle-ci devint si pesante,
Et de tant d'eau s'emplit d'abord,

Que l'Ane succombant ne put gagner le bord.
      L'Anier l'embrassoit, dans l'attente
      D'une prompte & certaine mort.
Quelqu'un vint au secours : qui ce fut, il n'importe.
C'est assez qu'on ait vû par-là, qu'il ne faut point
      Agir chacun de même sorte.
      J'en voulois venir à ce point

(*Fable XXXII.*)

L'ANE CHARGÉ D'ÉPONGES, ET L'ANE CHARGÉ DE SEL. Fable XXXII.

JB. Oudry inv.   Gravé et Transporté par C. Cochin, Pere au burin par P. Chenu.

FABLE XI.

LE LION

ET

LE RAT.

R

FABLE XI.

LE LION ET LE RAT.

IL faut, autant qu'on peut, obliger tout le monde.
On a fouvent befoin d'un plus petit que foi.
De cette vérité deux Fables feront foi,
   Tant la chofe en preuves abonde.

   Entre les pattes d'un Lion,
Un Rat fortit de terre, affez à l'étourdie.
Le roi des animaux, en cette occafion,
Montra ce qu'il étoit, & lui donna la vie.
   Ce bienfait ne fut pas perdu.
   Quelqu'un auroit-il jamais cru,
   Qu'un Lion d'un Rat eût affaire?
Cependant il avint qu'au fortir des forêts,
   Ce Lion fut pris dans des rêts,
Dont fes rugiffemens ne le purent défaire.
Sire Rat accourut, & fit tant par fes dents,
Qu'une maille rongéé emporta tout l'ouvrage.

   Patience & longueur de temps
   Font plus que force ni que rage.

(*Fable XXXIII.*)

LE LION ET LE RAT. Fable XXXIII.

J.B. Oudry inv.

Louis Legrand sculp.

FABLE XII.

LA COLOMBE

ET

LA FOURMI.

FABLE XII.

La Colombe et la Fourmi.

L'autre exemple eſt tiré d'animaux plus petits.
Le long d'un clair ruiſſeau bûvoit une Colombe :
Quand ſur l'eau ſe penchant une Fourmis y tombe.
Et dans cet océan l'on eût vû la Fourmis
S'efforcer, mais en vain, de regagner la rive.
La Colombe auſſi-tôt uſa de charité.
Un brin d'herbe dans l'eau, par elle étant jetté,
Ce fut un promontoire où la Fourmis arrive.
    Elle ſe ſauve ; & là-deſſus
Paſſe un certain croquant qui marchoit les pieds nuds :
Ce croquant, par hazard, avoit une arbalête.
    Dès qu'il voit l'Oiſeau de Vénus,
Il le croit en ſon pot, & déja lui fait fête.
Tandis qu'à le tuer mon villageois s'apprête,
    La Fourmi le pique au talon.
    Le vilain retourne la tête.
La Colombe l'entend, part, & tire de long.
Le ſoupé du croquant avec elle s'envole.
    Point de pigeon pour une obole.

(_Fable XXXIV._)

LA COLOMBE ET LA FOURMI. Fable XXXIV.

J.B. Oudry inv.

J.Ph. LeBas sculp.

FABLE XIII.

L'ASTROLOGUE QUI SE LAISSE TOMBER
DANS UN PUITS.

Un Aftrologue un jour fe laiffa cheoir
Au fond d'un puits. On lui dit : pauvre bête,
Tandis qu'à peine à tes pieds tu peux voir,
Penfes-tu lire au-deffus de ta tête ?

Cette aventure en foi, fans aller plus avant,
Peut fervir de leçon à la plûpart des hommes.
Parmi ce que de gens fur la terre nous fommes,
  Il en eft peu qui fort fouvent
  Ne fe plaifent d'entendre dire,
Qu'au livre du deftin les mortels peuvent lire.
Mais ce livre qu'Homere & les fiens ont chanté,
Qu'eft-ce, que le hazard parmi l'antiquité,
  Et parmi nous la Providence ?
  Or du hazard il n'eft point de fcience :
  S'il en étoit, on auroit tort
De l'appeller hazard, ni fortune, ni fort,
  Toutes chofes très-incertaines.
  Quant aux volontés fouveraines
De celui qui fait tout, & rien qu'avec deffein,
Qui les fçait que lui feul ? Comment lire en fon fein ?
Auroit-il imprimé fur le front des étoiles
Ce que la nuit des temps enferme dans fes voiles ?
A quelle utilité ? Pour exercer l'efprit
De ceux qui de la fphére & du globe ont écrit ?
Pour nous faire éviter des maux inévitables ?
Nous rendre, dans les biens, de plaifirs incapables ?
Et caufant du dégoût pour ces biens prévenus,
Les convertir en maux devant qu'ils foient venus ?

       S

C'eſt erreur, ou plutôt, c'eſt crime de le croire.
Le Firmament ſe meut, les Aſtres font leur cours,
          Le Soleil nous luit tous les jours :
Tous les jours ſa clarté ſuccede à l'ombre noire,
Sans que nous en puiſſions autre choſe inférer
Que la néceſſité de luire & d'éclairer,
D'amener les ſaiſons, de meurir les ſemences,
De verſer ſur les corps certaines influences.
Du reſte, en quoi répond au ſort toujours divers,
Ce train toujours égal dont marche l'univers ?
          Charlatans, faiſeurs d'horoſcope,
      Quittez les Cours des Princes de l'Europe.
Emmenez avec vous les ſouffleurs tout d'un temps,
Vous ne méritez pas plus de foi que ces gens.
Je m'emporte un peu trop : revenons à l'hiſtoire
De ce Spéculateur qui fut contraint de boire.
Outre la vanité de ſon art menſonger,
C'eſt l'image de ceux qui bâillent aux chimeres,
          Cependant qu'ils ſont en danger,
          Soit pour eux, ſoit pour leurs affaires.

(*Fable* XXXV.)

L'ASTROLOGUE QUI SE LAISSE TOMBER DANS UN PUITS. Fable XXXV.

J.B. Oudry inv.

J.Ph. Le Bas sculp.

FABLE XIV.

LE LIÉVRE ET LES GRENOUILLES.

Un Liévre en fon gîte fongeoit;
(Car que faire en un gîte, à moins que l'on ne fonge?)
Dans un profond ennui ce Liévre fe plongeoit:
Cet animal eft trifte, & la crainte le ronge.
  Les gens de naturel peureux,
  Sont, difoit-il, bien malheureux!
Ils ne fçauroient manger morceau qui leur profite:
Jamais un plaifir pur; toujours affauts divers.
Voilà comme je vis: cette crainte maudite
M'empêche de dormir, finon les yeux ouverts.
Corrigez-vous, dira quelque fage cervelle.
  Et la peur fe corrige-t-elle?
  Je croi même qu'en bonne foi,
  Les hommes ont peur comme moi.
  Ainfi raifonnoit nôtre Liévre;
  Et cependant faifoit le guet.
  Il étoit douteux, inquiet:
Un fouffle, une ombre, un rien, tout lui donnoit la fiévre.
  Le mélancolique animal,
  En rêvant à cette matiére,
Entend un léger bruit: ce lui fut un fignal
  Pour s'enfuir devers fa taniére.
Il s'en alla paffer fur le bord d'un étang.
Grenouilles auffi-tôt de fauter dans les ondes;
Grenouilles de rentrer dans leurs grottes profondes.
  Oh, dit-il, j'en fais faire autant
  Qu'on m'en fait faire! Ma préfence
Effraie auffi les gens! Je mets l'alarme au camp!
  Et d'où me vient cette vaillance?

Comment, des animaux qui tremblent devant moi!
Je fuis donc un foudre de guerre?
Il n'eft, je le vois bien, fi poltron fur la terre;
Qui ne puiffe trouver un plus poltron que foi.

(*Fable XXXVI.*)

LE LIEVRE ET LES GRENOUILLES, Fable XXXVI.

FABLE XV.

Le Coq et le Renard.

Sur la branche d'un arbre étoit en fentinelle
Un vieux Coq adroit & matois.
Frere, dit un Renard, adouciffant fa voix,
Nous ne fommes plus en querelle :
Paix générale cette fois.
Je viens te l'annoncer ; defcens que je t'embraffe.
Ne me retarde point, de grace :
Je dois faire aujourd'hui vingt poftes fans manquer.
Les tiens & toi pouvez vaquer,
Sans nulle crainte, à vos affaires ;
Nous vous y fervirons en freres.
Faites-en les feux dès ce foir ;
Et cependant viens recevoir
Le baifer d'amour fraternelle.
Ami, reprit le Coq, je ne pouvois jamais
Apprendre une plus douce & meilleure nouvelle,
Que celle
De cette paix.
Et ce m'eft une double joie
De la tenir de toi. Je vois deux lévriers
Qui, je m'affure, font couriers,
Que pour ce fujet on envoie.
Ils vont vîte, & feront dans un moment à nous.
Je defcens, nous pourrons nous entrebaifer tous.
Adieu, dit le Renard, ma traite eft longue à faire.
Nous nous réjouirons du fuccès de l'affaire
Une autre fois. Le galant auffi-tôt
Tire fes grégues, gagne au haut,

T

Mal-content de fon ftratagême.
Et notre vieux Coq, en foi-même,
Se mit à rire de fa peur:
Car c'eft double plaifir de tromper le trompeur.

(*Fable XXXVII.*)

LE COQ ET LE RENARD. Fable XXXVII.

FABLE XVI.

LE CORBEAU

VOULANT IMITER

L'AIGLE.

FABLE XVI.

Le Corbeau voulant imiter l'Aigle.

L'Oiſeau de Jupiter enlevant un mouton;
    Un Corbeau témoin de l'affaire,
Et plus foible de reins, mais non pas moins glouton,
    En voulut ſur l'heure autant faire.
    Il tourne à l'entour du troupeau,
Marque, entre cent moutons, le plus gras, le plus beau,
    Un vrai mouton de ſacrifice.
On l'avoit réſervé pour la bouche des Dieux.
Gaillard Corbeau diſoit, en le couvrant des yeux,
    Je ne ſçai qui fut ta nourrice;
Mais ton corps me paroît en merveilleux état :
    Tu me ſerviras de pâture.
Sur l'animal bêlant, à ces mots il s'abat.
    La moutoniére créature
Peſoit plus qu'un fromage; outre que ſa toiſon
    Étoit d'une épaiſſeur extrême,
Et mêlée, à peu près, de la même façon
    Que la barbe de Polyphême.
Elle empêtra ſi bien les ſerres du Corbeau,
Que le pauvre animal ne put faire retraite.
Le Berger vient, le prend, l'encage bien & beau,
Le donne à ſes enfans pour ſervir d'amuſette.

Il faut ſe meſurer, la conſéquence eſt nette.
Mal prend aux volereaux, de faire les voleurs.
    L'exemple eſt un dangereux leure.
Tous les mangeurs de gens ne ſont pas grands ſeigneurs :
Où la guêpe a paſſé, le moucheron demeure.

                    (*Fable XXXVIII.*)

LE CORBEAU VOULANT IMITER L'AIGLE. Fable XXXVII.

J. B. Oudry inv.

C. Cochin aqua fort. R. Gaillard
Carlo Sculpserunt

F A B L E   X V I I.

L E   P A O N

S E   P L A I G N A N T

A   J U N O N.

v

FABLE XVII.

LE PAON SE PLAIGNANT A JUNON.

Le Paon fe plaignoit à Junon.
Déeffe, difoit-il, ce n'eft pas fans raifon
Que je me plains, que je murmure:
Le chant dont vous m'avez fait don
Déplaît à toute la nature:
Au lieu qu'un Roffignol, chétive créature,
Forme des fons auffi doux qu'éclatans;
Eft lui feul l'honneur du printemps.
Junon répondit en colere:
Oifeau jaloux, & qui devrois te taire,
Eft-ce à toi d'envier la voix du Roffignol,
Toi, que l'on voit porter à l'entour de ton col
Un arc-en-ciel nué de cent fortes de foies,
Qui te panades, qui déploies
Une fi riche queue, & qui femble à nos yeux
La boutique d'un Lapidaire?
Eft-il quelque oifeau fous les cieux
Plus que toi capable de plaire?
Tout animal n'a pas toutes propriétés;
Nous vous avons donné diverfes qualités:
Les uns ont la grandeur & la force en partage;
Le Faucon eft léger, l'Aigle plein de courage;
Le Corbeau fert pour le préfage,
La Corneille avertit des malheurs à venir.
Tous font contens de leur ramage.
Ceffe donc de te plaindre, ou bien, pour te punir,
Je t'ôterai ton plumage.

(Fable xxxix.)

LE PAON SE PLAIGNANT A JUNON Fable XXXIX.

FABLE XVIII.

LA CHATTE MÉTAMORPHOSÉE EN FEMME.

Un Homme chériſſoit éperdument ſa Chatte,
Il la trouvoit mignonne, & belle, & délicate,
      Qui miauloit d'un ton fort doux:
      Il étoit plus fou que les fous.
    Cet Homme donc, par prieres, par larmes,
      Par ſortiléges & par charmes,
      Fait tant qu'il obtient du Deſtin,
      Que ſa Chatte, en un beau matin,
      Devient Femme; & le matin même,
      Maître ſot en fait ſa moitié.
      Le voilà fou d'amour extrême,
      De fou qu'il étoit d'amitié.
      Jamais la Dame la plus belle
      Ne charma tant ſon favori,
      Que fait cette épouſe nouvelle
      Son hypocondre de mari.
      Il l'amadoue, elle le flatte:
      Il n'y trouve plus rien de Chatte;
      Et pouſſant l'erreur juſqu'au bout,
      La croit Femme en tout & par tout.
Lorſque quelques Souris qui rongeoient de la natte,
Troublerent le plaiſir des nouveaux mariés.
      Auſſi-tôt la Femme eſt ſur pieds:
      Elle manqua ſon aventure.
  Souris de revenir; Femme d'être en poſture.
      Pour cette fois, elle accourut à point:
      Car ayant changé de figure,
      Les Souris ne la craignoient point.
      Ce lui fut toujours une amorce,
      Tant le naturel a de force.

Il fe moque de tout : certain âge accompli,
Le vafe eft imbibé, l'étoffe a pris fon pli.
     En vain de fon train ordinaire
     On le veut défaccoutumer ;
     Quelque chofe qu'on puiffe faire,
     On ne fçauroit le réformer.
     Coups de fourches, ni d'étriviéres
     Ne lui font changer de maniéres ;
     Et fuffiez-vous embâtonnés,
     Jamais vous n'en ferez les maîtres.
     Qu'on lui ferme la porte au nez,
     Il reviendra par les fenêtres.

(*Fable* XL.)

LA CHATE METAMORPHOSÉE EN FEMME. Fable XL.

FABLE XIX.

LE LION
ET L'ÂNE
CHASSANS.

X

FABLE XIX.

LE LION ET L'ÂNE CHASSANS.

Le Roi des animaux fe mit un jour en tête
     De giboyer. Il célébroit fa fête.
Le gibier du Lion ce ne font point moineaux,
Mais beaux & bons Sangliers, Daims & Cerfs bons & beaux.
       Pour réuffir dans cette affaire,
       Il fe fervit du miniftere
     De l'Ane, à la voix de Stentor.
L'Ane à meffer Lion fit office de cor.
Le Lion le pofta, le couvrit de ramée,
Lui commanda de braire, affuré qu'à ce fon
Les moins intimidés fuiroient de leur maifon.
Leur troupe n'étoit pas encore accoutumée
     A la tempête de fa voix ;
L'air en retentiffoit d'un bruit épouvantable.
La frayeur faififfoit les hôtes de ces bois ;
Tous fuyoient, tous tomboient au piége inévitable
     Où les attendoit le Lion.
N'ai-je pas bien fervi dans cette occafion ?
Dit l'Ane, en fe donnant tout l'honneur de la chaffe.
Oui, reprit le Lion, c'eft bravement crié.
Si je ne connoiffois ta perfonne & ta race,
     J'en ferois moi-même effrayé.
L'Ane, s'il eût ofé, fe fût mis en colere,
Encor qu'on le raillât avec jufte raifon :
Car qui pourroit fouffrir un Ane fanfaron ?
     Ce n'eft pas là leur caractere.

(*Fable XLI.*)

LE LION ET L'ANE CHASSANS. Fable XLI.

FABLE XX.

TESTAMENT

EXPLIQUÉ

PAR ÉSOPE.

FABLE XX.

TESTAMENT EXPLIQUÉ PAR ÉSOPE.

Si ce qu'on dit d'Éfope eft vrai,
C'étoit l'oracle de la Gréce:
Lui feul avoit plus de fageffe
Que tout l'Aréopage. En voici, pour effai,
Une hiftoire des plus gentilles;
Et qui pourra plaire au lecteur.

Un certain homme avoit trois filles,
Toutes trois de contraire humeur:
Une buveufe, une coquette,
La troifiéme avare parfaite.
Cet homme par fon teftament,
Selon les loix municipales,
Leur laiffa tout fon bien par portions égales,
En donnant à leur mere tant,
Payable quand chacune d'elles
Ne pofféderoit plus fa contingente part.
Le pere mort, les trois femelles
Courent au teftament, fans attendre plus tard.
On le lit; on tâche d'entendre
La volonté du teftateur;
Mais en vain: car comment comprendre
Qu'auffi-tôt que chacune fœur
Ne poffédera plus fa part héréditaire,
Il lui faudra payer fa mere?
Ce n'eft pas un fort bon moyen
Pour payer, que d'être fans bien.
Que vouloit donc dire le pere?
L'affaire eft confultée; & tous les Avocats,
Après avoir tourné le cas

En cent & cent mille manieres,
Y jettent leur bonnet, fe confeffent vaincus;
Et confeillent aux héritieres
De partager le bien, fans fonger au furplus.
Quant à la fomme de la veuve,
Voici, leur dirent-ils, ce que le Confeil treuve:
Il faut que chaque fœur fe charge par traité
Du tiers payable à volonté,
Si mieux n'aime la mere en créer une rente
Dès le décès du mort·courante.
La chofe ainfi réglée, on compofa trois lots:
En l'un, les maifons de bouteille,
Les buffets dreffés fous la treille,
La vaiffelle d'argent, les cuvettes, les brocs,
Les magafins de Malvoifie,
Les efclaves de bouche; & pour dire en deux mots,
L'attirail de la goinfrerie.
Dans un autre, celui de la coquetterie;
La maifon de la ville, & les meubles exquis,
Les eunuques & les coëffeufes,
Et les brodeufes,
Les joyaux, les robes de prix.
Dans le troifiéme lot, les fermes, le ménage,
Les troupeaux & le pâturage,
Valets & bêtes de labeur.
Ces lots faits, on jugea que le fort pourroit faire,
Que peut-être pas une fœur
N'auroit ce qui lui pourroit plaire.
Ainfi, chacune prit fon inclination,
Le tout à l'eftimation.
Ce fut dans la ville d'Athenes,
Que cette rencontre arriva.
Petits & grands, tout approuva
Le partage & le choix. Éfope feul trouva
Qu'après bien du temps & des peines,

Y

Les gens avoient pris juftement
Le contre-pied du teftament.
Si le défunt vivoit, difoit-il, que l'Attique
Auroit de reproches de lui!
Comment! Ce peuple qui fe pique
D'être le plus fubtil des peuples d'aujourd'hui,
A fi mal entendu la volonté fuprême
D'un teftateur! Ayant ainfi parlé,
Il fait le partage lui-même,
Et donne à chaque fœur un lot contre fon gré,
Rien qui pût être convenable,
Partant rien aux fœurs d'agréable:
A la coquette l'attirail
Qui fuit les perfonnes buveufes:
La biberonne eut le bêtail:
La ménagere eut les coëffeufes.
Tel fut l'avis du Phrygien,
Alléguant qu'il n'étoit moyen
Plus fûr, pour obliger ces filles
A fe défaire de leur bien:
Qu'elles fe mariroient dans les bonnes familles,
Quand on leur verroit de l'argent:
Pairoient leur mere tout comptant;
Ne pofféderoient plus les effets de leur pere,
Ce que difoit le teftament.
Le peuple s'étonna comme il fe pouvoit faire
Qu'un homme feul eut plus de fens,
Qu'une multitude de gens.

Fin du fecond Livre.

(*Fable XLII.*)

TESTAMENT EXPLIQUÉ PAR ÉSOPE. Fable XLII.

FABLES

CHOISIES.

LIVRE TROISIEME.

FABLES CHOISIES.
LIVRE TROISIEME.

F A B L E I.

LE MEUNIER, SON FILS, ET L'ANE.

A. M. D. M.

L'invention des Arts étant un droit d'aîneſſe,
Nous devons l'Apologue à l'ancienne Grece:
Mais ce champ ne ſe peut tellement moiſſonner,
Que les derniers venus n'y trouvent à glaner.
La feinte eſt un pays plein de terres déſertes:
Tous les jours nos Auteurs y font des découvertes.
Je t'en veux dire un trait aſſez bien inventé:
Autrefois à Racan, Malherbe l'a conté.
Ces deux rivaux d'Horace, héritiers de ſa lyre,
Diſciples d'Apollon, nos Maîtres, pour mieux dire,
Se rencontrant un jour tout ſeuls & ſans témoins;
(Comme ils ſe confioient leurs penſers & leurs ſoins)
Racan commence ainſi: dites-moi, je vous prie,
Vous qui devez ſçavoir les choſes de la vie,
Qui par tous ſes degrés avez déja paſſé,
Et que rien ne doit fuir en cet âge avancé;
A quoi me réſoudrai-je? Il eſt temps que j'y penſe.
Vous connoiſſez mon bien, mon talent, ma naiſſance.
Dois-je dans la province établir mon ſéjour?
Prendre emploi dans l'Armée, ou bien charge à la Cour?
Tout au monde eſt mêlé d'amertume & de charmes:
La Guerre a ſes douceurs, l'Hymen a ſes alarmes.

Si je fuivois mon goût, je fçaurois où buter;
Mais j'ai les miens, la Cour, le peuple à contenter.
Malherbe là-deffus : contenter tout le monde!
Écoutez ce récit avant que je réponde.

J'ai lû dans quelque endroit, qu'un Meûnier & fon fils,
L'un vieillard, l'autre enfant, non pas des plus petits,
Mais garçon de quinze ans, fi j'ai bonne mémoire,
Alloient vendre leur Ane un certain jour de foire.
Afin qu'il fut plus frais & de meilleur débit,
On lui lia les pieds, on vous le fufpendit:
Puis cet homme & fon fils le portent comme un luftre.
Pauvres gens, idiots, couple ignorant & ruftre!
Le premier qui le vit, de rire s'éclata.
Quelle farce, dit-il, vont jouer ces gens-là?
Le plus Ane des trois n'eft pas celui qu'on penfe.
Le Meûnier, à ces mots, connoît fon ignorance.
Il met fur pieds fa bête, & la fait détaler.
L'Ane qui goûtoit fort l'autre façon d'aller,
Se plaint en fon patois. Le Meûnier n'en a cure.
Il fait monter fon fils, il fuit; & d'avanture
Paffent trois bons marchands. Cet objet leur déplut.
Le plus vieux, au garçon, s'écria tant qu'il put:
Oh là, oh, defcendez que l'on ne vous le dife,
Jeune homme qui menez laquais à barbe grife.
C'étoit à vous de fuivre, au vieillard de monter.
Meffieurs, dit le Meûnier, il faut vous contenter.
L'enfant met pied à terre, & puis le vieillard monte.
Quand trois filles paffant, l'une dit: c'eft grand'honte
Qu'il faille voir ainfi clocher ce jeune fils,
Tandis que ce nigaud, comme un Évêque affis,
Fait le veau fur fon Ane, & penfe être bien fage.
Il n'eft, dit le Meûnier, plus de veaux à mon âge.
Paffez votre chemin, la fille, & m'en croyez.
Après maints quolibets coup fur coup renvoyés,

Z

L'homme crut avoir tort, & mit fon fils en croupe.
Au bout de trente pas, une troifiéme troupe
Trouve encore à glofer. L'un dit : ces gens font fous,
Le Baudet n'en peut plus, il mourra fous leurs coups ;
Hé quoi, charger ainfi cette pauvre Bourique !
N'ont-ils point de pitié de leur vieux domeftique ?
Sans doute qu'à la foire ils vont vendre fa peau.
Parbieu, dit le Meûnier, eft bien fou du cerveau,
Qui prétend contenter tout le monde & fon pere.
Effayons toutefois, fi par quelque maniére
Nous en viendrons à bout. Ils defcendent tous deux ;
L'Ane, fe prélaffant, marche feul devant eux.
Un quidam les rencontre, & dit : eft-ce la mode
Que Baudet aille à l'aife, & Meûnier s'incommode ?
Qui de l'Ane, ou du maître, eft fait pour fe laffer ?
Je confeille à ces gens de le faire enchaffer.
Ils ufent leurs fouliers, & confervent leur Ane :
Nicolas, au rebours : car quand il va voir Jeanne,
Il monte fur fa bête, & la chanfon le dit.
Beau trio de Baudets ! le Meûnier repartit,
Je fuis Ane, il eft vrai, j'en conviens, je l'avoue :
Mais que dorénavant on me blâme, on me loue,
Qu'on dife quelque chofe, ou qu'on ne dife rien,
J'en veux faire à ma tête. Il le fit, & fit bien.

Quant à vous, fuivez Mars, ou l'Amour, ou le Prince ;
Allez, venez, courrez, demeurez en province,
Prenez femme, abbaye, emploi, gouvernement :
Les gens en parleront, n'en doutez nullement.

(*Fable XLIII.*)

LE MEUNIER, SON FILS, ET L'ANE. A. M. D. M. Fable XLIII.

J.B. Oudry inv.

C. Cochin aqua forti, P. Chenu caelo sculpserunt.

LE MEUNIER, SON FILS, ET L'ÂNE. A.M.D.M. Fable XLIII. 3.^e planche.

J.B. Oudry inv.   J.J. Elyart sculp.

LE MEUNIER, SON FILS, ET L'ÂNE. A.M.D.M. Fable XLIII. 1. planche.

LE MEUNIER, SON FILS, ET L'ANE. A.M.D.M. Fable XLIII. 3.e planche.

FABLE II.

LES MEMBRES ET L'ESTOMAC.

Je devois par la Royauté
Avoir commencé mon ouvrage :
A la voir d'un certain côté,
Meſſer Gaſter en eſt l'image.
S'il a quelque beſoin, tout le corps s'en reſſent.
De travailler pour lui les membres ſe laſſant,
Chacun d'eux réſolut de vivre en gentilhomme,
Sans rien faire, alléguant l'exemple de Gaſter.
Il faudroit, diſoient-ils, ſans nous qu'il vécût d'air.
Nous ſuons, nous peinons comme bêtes de ſomme :
Et pour qui ? pour lui ſeul : nous n'en profitons pas ;
Notre ſoin n'aboutit qu'à fournir ſes repas.
Chommons, c'eſt un métier qu'il veut nous faire apprendre.
Ainſi dit, ainſi fait. Les mains ceſſent de prendre,
   Les bras d'agir, les jambes de marcher.
Tous dirent à Gaſter qu'il en allât chercher.
Ce leur fut une erreur dont ils ſe repentirent.
Bientôt les pauvres gens tomberent en langueur :
Il ne ſe forma plus de nouveau ſang au cœur :
Chaque membre en ſouffrit : les forces ſe perdirent.
   Par ce moyen les mutins virent
Que celui qu'ils croyoient oiſif & pareſſeux,
A l'intérêt commun contribuoit plus qu'eux.
Ceci peut s'appliquer à la grandeur Royale.
Elle reçoit & donne ; & la choſe eſt égale.
Tout travaille pour elle, & réciproquement
   Tout tire d'elle l'aliment.
Elle fait ſubſiſter l'artiſan de ſes peines,
Enrichit le Marchand, gage le Magiſtrat,
Maintient le laboureur, donne paye au ſoldat,

Diſtribue en cent lieux ſes graces ſouveraines,
         Entretient ſeule tout l'État.
         Menenius le ſçut bien dire:
La Commune s'alloit ſéparer du Sénat.
Les mécontens diſoient qu'il avoit tout l'Empire,
Le pouvoir, les tréſors, l'honneur, la dignité:
Au lieu que tout le mal étoit de leur côté;
Les tributs, les impots, les fatigues de guerre.
Le peuple hors des murs étoit déja poſté.
La plûpart s'en alloient chercher une autre terre,
         Quand Menenius leur fit voir
         Qu'ils étoient aux membres ſemblables;
Et par cet Apologue inſigne entre les Fables,
         Les ramena dans leur devoir.

(*Fable XLIV.*)

LES MEMBRES ET L'ESTOMAC. Fable XLIV.

J.B. Oudry inv.

P.F. Metta Sculp.

FABLE III.

Le Loup devenu Berger.

Un Loup qui commençoit d'avoir petite part
  Aux Brebis de fon voifinage,
Crut qu'il falloit s'aider de la peau du Renard,
  Et faire un nouveau perfonnage.
Il s'habille en Berger, endoffe un hoqueton,
  Fait fa houlette d'un bâton,
  Sans oublier la cornemufe.
  Pour pouffer jufqu'au bout la rufe,
Il auroit volontiers écrit fur fon chapeau,
C'eft moi qui fuis Guillot, Berger de ce troupeau.
  Sa perfonne étant ainfi faite,
Et fes pieds de devant pofés fur fa houlette,
Guillot le Sycophante approche doucement.
Guillot, le vrai Guillot, étendu fur l'herbette,
  Dormoit alors profondément.
Son chien dormoit auffi, comme auffi fa mufette.
La plûpart des Brebis dormoient pareillement.
  L'hypocrite les laiffa faire;
Et pour pouvoir mener vers fon fort les Brebis,
Il voulut ajoûter la parole aux habits,
  Chofe qu'il croyoit néceffaire;
  Mais cela gâta fon affaire.
Il ne put du Pafteur contrefaire la voix:
Le ton dont il parla fit retentir les bois,
  Et découvrit tout le myftere.
  Chacun fe réveille à ce fon,
  Les Brebis, le Chien, le Garçon.
  Le pauvre Loup dans cet efclandre,
  Empêché par fon hoqueton,

       A a

Ne put ni fuir, ni se défendre.

Toujours par quelque endroit fourbes se laiffent prendre.
Quiconque eft Loup, agiffe en Loup:
C'eft le plus certain de beaucoup.

(*Fable XLV.*)

LE LOUP DEVENU BERGER.   Fable XLV.

FABLE IV.

Les Grenouilles qui demandent un Roi.

Les Grenouilles fe laffant
De l'état Démocratique,
Par leurs clameurs firent tant
Que Jupin les foumit au pouvoir Monarchique.
Il leur tomba du Ciel un Roi tout pacifique.
Ce Roi fit toutefois un tel bruit en tombant,
Que la gent marécageufe,
Gent fort fotte & fort peureufe,
S'alla cacher fous les eaux,
Dans les joncs, dans les rofeaux,
Dans les trous du marécage,
Sans ofer de long-temps regarder au vifage
Celui qu'elles croyoient être un géant nouveau.
Or c'étoit un foliveau,
De qui la gravité fit peur à la première,
Qui de le voir s'avanturant,
Ofa bien quitter fa tanière.
Elle approcha, mais en tremblant.
Une autre la fuivit, une autre en fit autant,
Il en vint une fourmillière;
Et leur troupe à la fin fe rendit familière
Jufqu'à fauter fur l'épaule du Roi.
Le bon Sire le fouffre, & fe tient toujours coi.
Jupin en a bientôt la cervelle rompue.
Donnez-nous, dit ce peuple, un Roi qui fe remue.
Le Monarque des Dieux leur envoie une Grue,
Qui les croque, qui les tue,
Qui les gobe à fon plaifir:
Et Grenouilles de fe plaindre;

Et Jupin de leur dire : & quoi, votre defir
     A fes loix croit-il nous aftraindre ?
     Vous avez dû premiérement
     Garder votre Gouvernement :
Mais ne l'ayant pas fait, il vous devoit fuffire
Que votre premier Roi fut débonnaire & doux.
     De celui-ci contentez-vous,
     De peur d'en rencontrer un pire.

(*Fable XLVI.*)

LES GRENOUILLES QUI DEMANDENT UN ROY. Fable XLVI.

FABLE V.

LE RENARD ET LE BOUC.

Capitaine Renard alloit de compagnie
Avec fon ami Bouc, des plus haut encornez.
Celui-ci ne voyoit pas plus loin que fon nez;
L'autre étoit paffé maître en fait de tromperie.
La foif les obligea de defcendre en un puits.
   Là, chacun d'eux fe défaltere.
Après qu'abondamment tous deux en eurent pris,
Le Renard dit au Bouc: que ferons-nous, compere?
Ce n'eft pas tout de boire, il faut fortir d'ici.
Leve tes pieds en haut, & tes cornes auffi:
Mets-les contre le mur. Le long de ton échine
   Je grimperai premiérement;
   Puis fur tes cornes m'élevant,
   A l'aide de cette machine,
   De ce lieu-ci je fortirai,
   Après quoi je t'en tirerai.
Par ma barbe, dit l'autre, il eft bon; & je loue
   Les gens bien fenfés comme toi.
   Je n'aurois jamais, quant à moi,
   Trouvé ce fecret, je l'avoue.
Le Renard fort du puits, laiffe fon compagnon,
   Et vous lui fait un beau fermon
   Pour l'exhorter à patience.
Si le ciel t'eût, dit-il, donné par excellence,
Autant de jugement que de barbe au menton,
   Tu n'aurois pas, à la légere,
Defcendu dans ce puits. Or adieu, j'en fuis hors:
Tâche de t'en tirer, & fais tous tes efforts:

Car pour moi j'ai certaine affaire
Qui ne me permet pas d'arrêter en chemin.

En toute chose il faut considérer la fin.

(*Fable XLVII.*)

LE RENARD ET LE BOUC. Fable XLVII.

J.B. Oudry inv.   J. Pelletier sculp.

FABLE VI.

L'Aigle, la Laye, et la Chatte.

L'Aigle avoit fes petits au haut d'un arbre creux;
 La Laye au pied, la Chatte entre les deux :
Et fans s'incommoder, moyennant ce partage,
Meres & nourriffons faifoient leur tripotage.
La Chatte détruifit, par fa fourbe, l'accord.
Elle grimpa chez l'Aigle, & lui dit : notre mort
(Au moins de nos enfans, car c'eft tout un aux meres)
  Ne tardera poffible guéres.
Voyez-vous à nos pieds fouïr inceffamment
Cette maudite Laye, & creufer une mine ?
C'eft pour déraciner le chêne affurément,
Et de nos nourriffons attirer la ruine.
 L'arbre tombant, ils feront dévorés :
  Qu'ils s'en tiennent pour affurés.
S'il m'en reftoit un feul, j'adoucirois ma plainte.
Au partir de ce lieu, qu'elle remplit de crainte,
  La perfide defcend tout droit
   A l'endroit
  Où la Laye étoit en géfine.
  Ma bonne amie & ma voifine,
Lui dit-elle tout bas, je vous donne un avis.
L'Aigle, fi vous fortez, fondra fur vos petits ;
  Obligez-moi de n'en rien dire ;
  Son courroux tomberoit fur moi.
Dans cette autre famille ayant femé l'effroi,
  La Chatte en fon trou fe retire.
L'Aigle n'ofe fortir, ni pourvoir aux befoins
  De fes petits ; la Laye encore moins :
Sottes de ne pas voir que le plus grand des foins,
Ce doit être celui d'éviter la famine.

A demeurer chez foi, l'une & l'autre s'obftine,
Pour fecourir les fiens dedans l'occafion:
  L'Oifeau royal, en cas de mine;
  La Laye, en cas d'irruption.
La faim détruifit tout: il ne refta perfonne
De la gent Marcaffine, & de la gent Aiglonne,
   Qui n'allât de vie à trépas:
   Grand renfort pour meffieurs les Chats.

Que ne fçait point ourdir une langue traîtreffe
   Par fa pernicieufe adreffe?
    Des malheurs qui font fortis
    De la boîte de Pandore,
Celui qu'à meilleur droit tout l'Univers abhorre,
    C'eft la fourbe, à mon avis.

(*Fable XLVIII.*)

L'AIGLE, LA LAYE, ET LA CHATE. Fable XLVII.

J.B. Oudry inv.

P. Tardieu Sculp.

FABLE VII.

L'IVROGNE

ET

SA FEMME.

FABLE VII.

L'IVROGNE ET SA FEMME.

Chacun a fon défaut où toujours il revient :

Honte ni peur n'y remédie.

Sur ce propos, d'un conte il me fouvient :

Je ne dis rien que je n'appuie

De quelque exemple. Un fuppôt de Bacchus

Altéroit fa fanté, fon efprit & fa bourfe.

Telles gens n'ont pas fait la moitié de leur courfe,

Qu'ils font au bout de leurs écus.

Un jour que celui-ci, plein du jus de la treille,

Avoit laiffé fes fens au fond d'une bouteille,

Sa femme l'enferma dans un certain tombeau.

Là, les vapeurs du vin nouveau

Cuverent à loifir. A fon réveil il treuve

L'attirail de la mort à l'entour de fon corps,

Un luminaire, un drap des morts.

Oh ! dit-il, qu'eft-ceci ? ma femme eft-elle veuve ?

Là-deffus, fon époufe, en habit d'Alecton,

Mafquée, & de fa voix contrefaifant le ton,

Vient au prétendu mort, approche de fa biére,

Lui préfente un chaudeau propre pour Lucifer.

L'époux alors ne doute en aucune maniére

Qu'il ne foit citoyen d'enfer.

Quelle perfônne es-tu ? dit-il à ce phantôme.

La cé123riére du royaume

De Satan, reprit-elle ; & je porte à manger

A ceux qu'enclôt la tombe noire.

Le mari repart, fans fonger,

Tu ne leur portes point à boire ?

(*Fable* XLIX.)

L'YVROGNE ET SA FEMME. Fable XLIX.

FABLE VIII.

La Goutte et l'Araignée.

Quand l'Enfer eut produit la Goutte & l'Araignée;
Mes filles, leur dit-il, vous pouvez vous vanter
  D'être pour l'humaine lignée
  Également à redouter.
Or avifons aux lieux qu'il vous faut habiter.
  Voyez-vous ces cafes étroites;
Et ces palais fi grands, fi beaux, fi bien dorés?
Je me fuis propofé d'en faire vos retraites.
  Tenez donc, voici deux buchettes:
  Accommodez-vous, ou tirez.
Il n'eft rien, dit l'Aragne, aux cafes qui me plaife.
L'autre, tout au rebours, voyant les palais pleins
  De ces gens nommés Médecins,
Ne crut pas y pouvoir demeurer à fon aife.
Elle prend l'autre lot, y plante le piquet,
S'étend avec plaifir fur l'orteil d'un pauvre homme,
Difant: je ne crois pas qu'en ce pofte je chomme,
Ni que d'en déloger, & faire mon paquet
  Jamais Hippocrate me fomme.
L'Aragne cependant fe campe en un lambris,
Comme fi de ces lieux elle eut fait bail à vie,
Travaille à demeurer: voilà fa toile ourdie,
  Voilà des moucherons de pris.
Une fervante vient balayer tout l'ouvrage.
Autre toile tiffue; autre coup de balai.
Le pauvre beftion tous les jours déménage.
  Enfin, après un vain effai,
Il va trouver la Goutte. Elle étoit en campagne,
  Plus malheureufe mille fois
  Que la plus malheureufe Aragne.

Son hôte la menoit tantôt fendre du bois,
Tantôt foüir, hoüer. Goutte bien tracaffée
   Eſt, dit-on, à demi penſée.
Oh! je ne ſçaurois plus, dit-elle, y réſiſter.
Changeons, ma ſœur l'Aragne. Et l'autre d'écouter:
Elle la prend au mot, ſe gliſſe en la cabane:
Point de coup de balai qui l'oblige à changer.
La Goutte, d'autre part, va tout droit ſe loger
   Chez un Prélat qu'elle condamne
   A jamais du lit ne bouger.
Cataplaſmes, Dieu ſçait. Les gens n'ont point de honte
De faire aller le mal toujours de pis en pis.
L'une & l'autre trouva de la ſorte ſon compte,
Et fit très-ſagement de changer de logis.

(*Fable* L.)

LA GOUTE ET L'ARAIGNÉE. Fable L.

LA GOUTE ET L'ARAIGNÉE. Fable I. 2.e Planche.

FABLE IX.

LE LOUP

ET

LA CICOGNE.

D d

FABLE IX.

Le Loup et la Cicogne.

Les Loups mangent gloutonnement.
Un Loup donc étant de frairie,
Se preſſa, dit-on, tellement,
Qu'il en penſa perdre la vie.
Un os lui demeura bien avant au goſier.
De bonheur pour ce Loup, qui ne pouvoit crier,
Près de là paſſe une Cicogne.
Il lui fait ſigne, elle accourt.
Voilà l'Opératrice auſſi-tôt en beſogne.
Elle retira l'os : puis, pour un ſi bon tour,
Elle demanda ſon ſalaire.
Votre ſalaire ? dit le Loup,
Vous riez, ma bonne commere.
Quoi ! ce n'eſt pas encor beaucoup
D'avoir de mon goſier retiré votre cou ?
Allez, vous êtes une ingrate ;
Ne tombez jamais ſous ma patte.

(*Fable LI.*)

LE LOUP ET LA CICOGNE. Fable II.

FABLE X.

LE LION

ABATTU

PAR L'HOMME.

FABLE X.

LE LION ABATTU PAR L'HOMME.

On expofoit une peinture,
Où l'artifan avoit tracé
Un Lion d'immenfe ftature ,
Par un feul homme terraffé.
Les regardans en tiroient gloire.
Un Lion en paffant rabattit leur caquet.
Je vois bien, dit-il, qu'en effet
On vous donne ici la victoire ;
Mais l'ouvrier vous a déçus,
Il avoit liberté de feindre.
Avec plus de raifon nous aurions le deffus,
Si mes confreres fçavoient peindre.

LE LION ABATTU PAR L'HOMME. Fable LIX.

FABLE XI.

LE RENARD

ET

LES RAISINS.

E e

FABLE XI.

Le Renard et les Raisins.

Certain Renard Gafcon, d'autres difent Normand,
Mourant prefque de faim, vit au haut d'une treille
   Des raifins mûrs apparemment,
   Et couverts d'une peau vermeille.
Le galant en eût fait volontiers un repas.
   Mais comme il n'y pouvoit atteindre;
Ils font trop verds, dit-il, & bons pour des goujats.
   Fit-il pas mieux que de fe plaindre?

(*Fable LIII.*)

LE RENARD ET LES RAISINS.   Fable LIII.

J.B. Oudry inv.   Louis le Grand Sculp.

FABLE XII.

LE CYGNE

ET

LE CUISINIER.

FABLE XII.

Le Cygne et le Cuisinier.

Dans une ménagerie
De volatiles remplie,
Vivoient le Cygne & l'Oifon :
Celui-là deftiné pour les regards du Maître,
Celui-ci pour fon goût : l'un qui fe piquoit d'être
Commenfal du jardin, l'autre de la maifon.
Des foffés du château faifant leurs galeries,
Tantôt on les eût vûs côte à côte nâger,
Tantôt courir fur l'onde, & tantôt fe plonger,
Sans pouvoir fatisfaire à leurs vaines envies.
Un jour le Cuifinier, ayant trop bû d'un coup,
Prit pour Oifon le Cygne, & le tenant au cou,
Il alloit l'égorger, puis le mettre en potage.
L'oifeau, prêt à mourir, fe plaint en fon ramage.
Le Cuifinier fut fort furpris,
Et vit bien qu'il s'étoit mépris.
Quoi ! Je mettrois, dit-il, un tel chanteur en foupe !
Non, non, ne plaife aux Dieux que jamais ma main coupe
La gorge à qui s'en fert fi bien.

Ainfi dans les dangers qui nous fuivent en croupe,
Le doux parler ne nuit de rien.

(*Fable LIV.*)

LE CIGNE ET LE CUISINIER, Fable LIV.

F A B L E XIII.

LES LOUPS

E T

LES BREBIS.

Ff

FABLE XIII.

LES LOUPS ET LES BREBIS.

Après mille ans & plus de guerre déclarée,
Les Loups firent la paix avecque les Brebis.
C'étoit apparemment le bien des deux partis:
Car fi les Loups mangeoient mainte bête égarée,
Les Bergers, de leur peau, fe faifoient maints habits.
Jamais de liberté, ni pour les pâturages,
  Ni d'autre part pour les carnages.
Ils ne pouvoient jouir, qu'en tremblant, de leurs biens.
La paix fe conclut donc: on donne des ôtages,
Les Loups, leurs Louveteaux, & les Brebis, leurs Chiens.
L'échange en étant fait aux formes ordinaires,
  Et reglé par des Commiffaires,
Au bout de quelque temps que meffieurs les Louvats
Se virent Loups parfaits, & friands de tuerie,
Ils vous prennent le temps que dans la bergerie.
  Meffieurs les Bergers n'étoient pas;
Étranglent la moitié des Agneaux les plus gras,
Les emportent aux dents, dans les bois fe retirent.
Ils avoient averti leurs gens fecrétement.
Les Chiens qui, fur leur foi, repofoient fûrement,
  Furent étranglés en dormant.
Cela fut fi tôt fait qu'à peine ils le fentirent.
Tout fut mis en morceaux, un feul n'en échappa.

  Nous pouvons conclure de là,
Qu'il faut faire aux méchans guerre continuelle.
  La paix eft fort bonne de foi,
  J'en conviens: mais de quoi fert-elle
  Avec des ennemis fans foi?

       (*Fable LV.*)

LES LOUPS ET LES BREBIS. Fable LV.

J.B. Oudry inv.   M. Aubert sculp.

LES LOUPS ET LES BREBIS. Fable LV. *Explanche.*

J.B. Oudry inv.

C.N. Cochin p. aqua forti. J.B. Tache caslo sculpserunt.

FABLE XIV.

LE LION

DEVENU VIEUX.

FABLE XIV.

LE LION DEVENU VIEUX.

Le Lion, terreur des forêts,
Chargé d'ans, & pleurant fon antique proueffe,
Fut enfin attaqué par fes propres fujets,
Devenus forts par fa foibleffe.
Le Cheval s'approchant, lui donne un coup de pied,
Le Loup un coup de dent, le Bœuf un coup de corne.
Le malheureux Lion languiffant, trifte & morne,
Peut à peine rugir, par l'âge eftropié.
Il attend fon deftin fans faire aucunes plaintes;
Quand voyant l'Ane même à fon antre accourir,
Ah! c'eft trop, lui dit-il, je voulois bien mourir;
Mais c'eft mourir deux fois que fouffrir tes atteintes.

(*Fable LVI.*)

J.B. Oudry inv.

LE LION DEVENU VIEUX. Fable LVI.

C. Baquoy Sculp.

FABLE XV.

PHILOMÉLE

ET

PROGNÉ.

FABLE XV.

PHILOMÉLE ET PROGNÉ.

Autrefois Progné l'Hirondelle
De fa demeure s'écarta;
Et, loin des villes, s'emporta
Dans un bois où chantoit la pauvre Philoméle.
Ma fœur, lui dit Progné, comment vous portez-vous?
Voici tantôt mille ans que l'on ne vous a vûe:
Je ne me fouviens point que vous foyez venue
Depuis le temps de Thrace habiter parmi nous.
     Dites-moi, que penfez-vous faire?
Ne quitterez-vous point ce féjour folitaire?
Ah! reprit Philoméle, en eft-il de plus doux?
Progné lui repartit : Et quoi, cette mufique,
     Pour ne chanter qu'aux animaux,
     Tout au plus à quelque ruftique?
Le défert eft-il fait pour des talens fi beaux?
Venez faire aux cités éclater leurs merveilles.
     Auffi bien en voyant les bois,
Sans ceffe il vous fouvient que Terée autrefois,
     Parmi des demeures pareilles,
Exerça fa fureur fur vos divins appas.
Et c'eft le fouvenir d'un fi cruel outrage,
Qui fait, reprit fa fœur, que je ne vous fuis pas:
     En voyant les hommes, hélas!
     Il m'en fouvient bien davantage.

(*Fable LVII.*)

PHILOMELE ET PROGNE. Fable LVII.

FABLE XVI.

LA FEMME NOYÉE.

Je ne fuis pas de ceux qui difent: ce n'eft rien,
  C'eft une femme qui fe noie.
Je dis que c'eft beaucoup; & ce fexe vaut bien
Que nous le regrettions, puifqu'il fait notre joie.
Ce que j'avance ici, n'eft point hors de propos,
  Puifqu'il s'agit, en cette Fable,
  D'une Femme qui dans les flots
Avoit fini fes jours par un fort déplorable.
  Son Époux en cherchoit le corps,
  Pour lui rendre en cette aventure
  Les honneurs de la fépulture.
  Il arriva que fur les bords
  Du fleuve, auteur de fa difgrace,
Des gens fe promenoient, ignorant l'accident.
  Ce mari donc leur demandant
S'ils n'avoient de fa femme aperçu nulle trace;
Nulle, reprit l'un d'eux; mais cherchez-la plus bas,
  Suivez le fil de la riviere.
Un autre repartit: non, ne le fuivez pas,
  Rebrouffez plutôt en arriere.
Quelle que foit la pente & l'inclination
  Dont l'eau par fa courfe l'emporte,
  L'efprit de contradiction
  L'aura fait floter d'autre forte.
Cet homme fe railloit affez hors de faifon.
  Quant à l'humeur contredifante,
  Je ne fçai s'il avoit raifon;
  Mais que cette humeur foit, ou non,
  Le défaut du fexe & fa pente;

FABLES CHOISIES.

Quiconque avec elle naîtra,
Sans faute avec elle mourra,
Et jufqu'au bout contredira,
Et, s'il peut, encor par-delà.

(*Fable LVIII.*)

LA FEMME NOYÉE. Fable LVIII.

FABLE XVII.

LA BELETTE

ENTRÉE

DANS UN GRENIER.

FABLE XVII.

LA BELETTE ENTRÉE DANS UN GRENIER.

Damoiselle Belette, au corps long & fluet,
Entra dans un grenier par un trou fort étroit :
      Elle sortoit de maladie.
      Là, vivant à discrétion,
      La Galante fit chere lie,
      Mangea, rongea : Dieu sçait la vie,
Et le lard qui périt en cette occasion.
      La voilà, pour conclusion,
      Grasse, maflue, & rebondie.
Au bout de la semaine, ayant dîné son soû,
Elle entend quelque bruit, veut sortir par le trou ;
Ne peut plus repasser, & croit s'être méprise.
      Après avoir fait quelques tours,
C'est, dit-elle, l'endroit, me voilà bien surprise :
J'ai passé par ici depuis cinq ou six jours.
      Un Rat qui la voyoit en peine,
Lui dit : Vous aviez lors la panse un peu moins pleine.
Vous êtes maigre entrée, il faut maigre sortir :
Ce que je vous dis là, l'on le dit à bien d'autres.
Mais ne confondons point, par trop approfondir,
      Leurs affaires avec les vôtres.

(*Fable* LIX.)

LA BELETTE ENTRE DANS UN GRENIER. Fable LIX.

FABLE XVIII.

LE CHAT ET UN VIEUX RAT.

J'ai lû, chez un conteur de fables,
Qu'un fecond Rodilard, l'Alexandre des chats,
　　L'Attila, le fléau des rats,
　　Rendoit ces derniers miférables.
　　J'ai lû, dis-je, en certain auteur,
　　Que ce chat exterminateur,
Vrai Cerbere, étoit craint une lieue à la ronde :
Il vouloit de fouris dépeupler tout le monde.
Les planches qu'on fufpend fur un léger appui,
　　La mort aux rats, les fouricieres,
　　N'étoient que jeux au prix de lui.
　　Comme il voit que dans leurs tanieres
　　Les fouris étoient prifonnieres,
Qu'elles n'ofoient fortir, qu'il avoit beau chercher;
Le galant fait le mott, & du haut d'un plancher
Se pend la tête en bas. La bête fcélérate
A de certains cordons fe tenoit par la pate.
Le peuple des fouris croit que c'eft châtiment,
Qu'il a fait un larcin de rôt ou de fromage,
Égratigné quelqu'un, caufé quelque dommage;
Enfin, qu'on a pendu le mauvais garnement.
　　Toutes, dis-je, unanimement
Se promettent de rire à fon enterrement,
Mettent le nez à l'air, montrent un peu la tête,
　　Puis rentrent dans leurs nids à rats;
　　Puis, reffortant, font quatre pas,
　　Puis enfin fe mettent en quête.
　　Mais voici bien une autre fête.
Le pendu reffufcite; & fur fes pieds tombant,
　　Attrape les plus pareffeufes.

Nous en fçavons plus d'un, dit-il, en les gobant :
C'eft tour de vieille guerre ; & vos cavernes creufes
Ne vous fauveront pas, je vous en avertis ;
       Vous viendrez toutes au logis.
Il prophétifoit vrai. Notre maître Mitis,
Pour la feconde fois, les trompe & les affine,
       Blanchit fa robe, & s'enfarine ;
       Et, de la forte déguifé,
Se niche & fe blotit dans une huche ouverte.
       Ce fut à lui bien avifé.
La gent trote-menu s'en vient chercher fa perte :
Un rat, fans plus, s'abftient d'aller flairer autour.
C'étoit un vieux routier, il fçavoit plus d'un tour ;
Même il avoit perdu fa queue à la bataille.
Ce bloc enfariné ne me dit rien qui vaille,
S'écria-t-il de loin au Général des chats :
Je foupçonne deffous encor quelque machine.
       Rien ne te fert d'être farine ;
Car quand tu ferois fac, je n'approcherois pas.
C'étoit bien dit à lui ; j'approuve la prudence :
       Il étoit expérimenté,
       Et fçavoit que la méfiance
       Eft mere de la fûreté.

Fin du troifiéme Livre & du premier Volume.

(*Fable* LX.)

LE CHAT ET UN VIEUX RAT. Fable LX.

LE CHAT ET UN VIEUX RAT. Fable IX. 1.e planche.

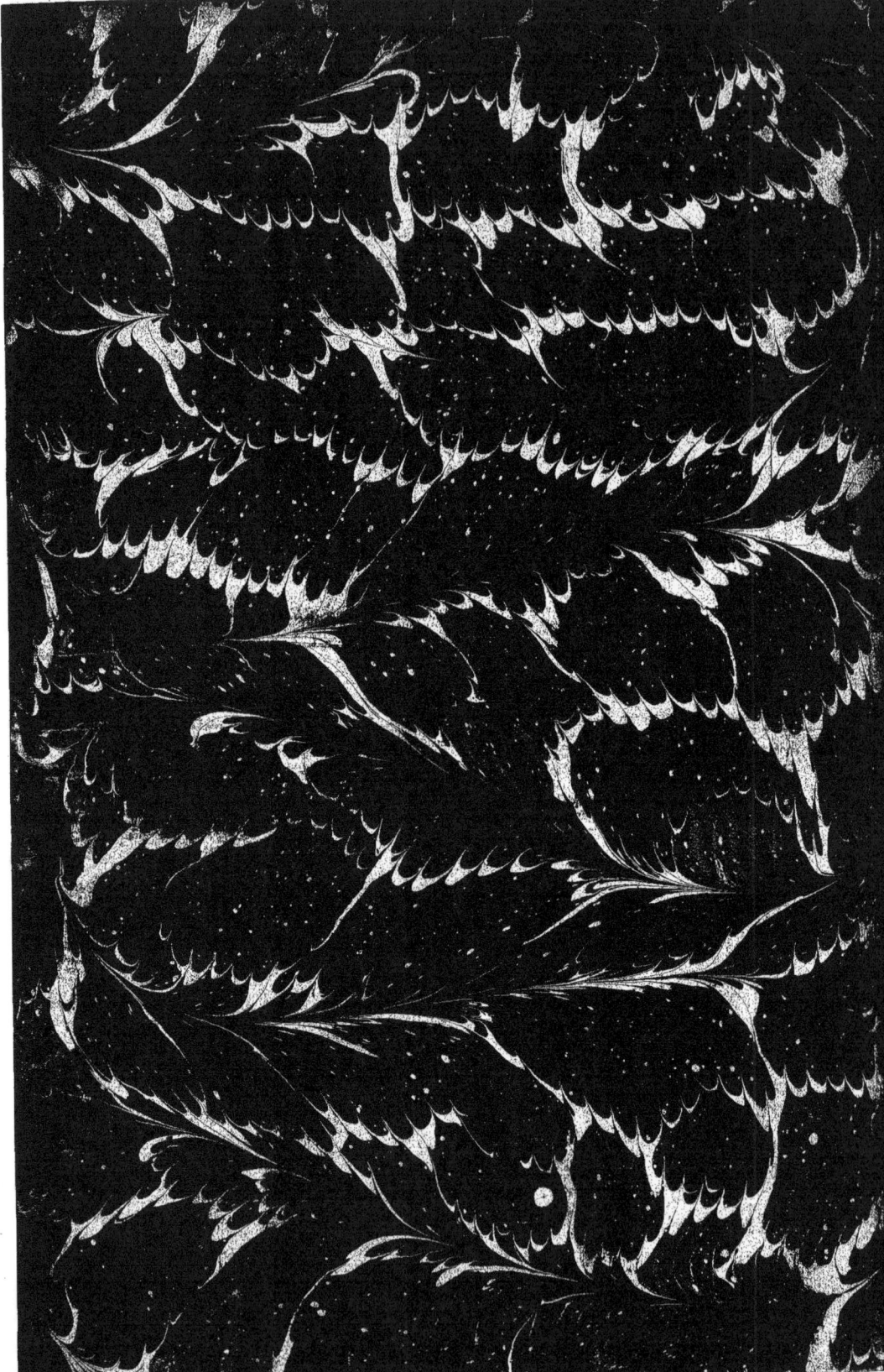

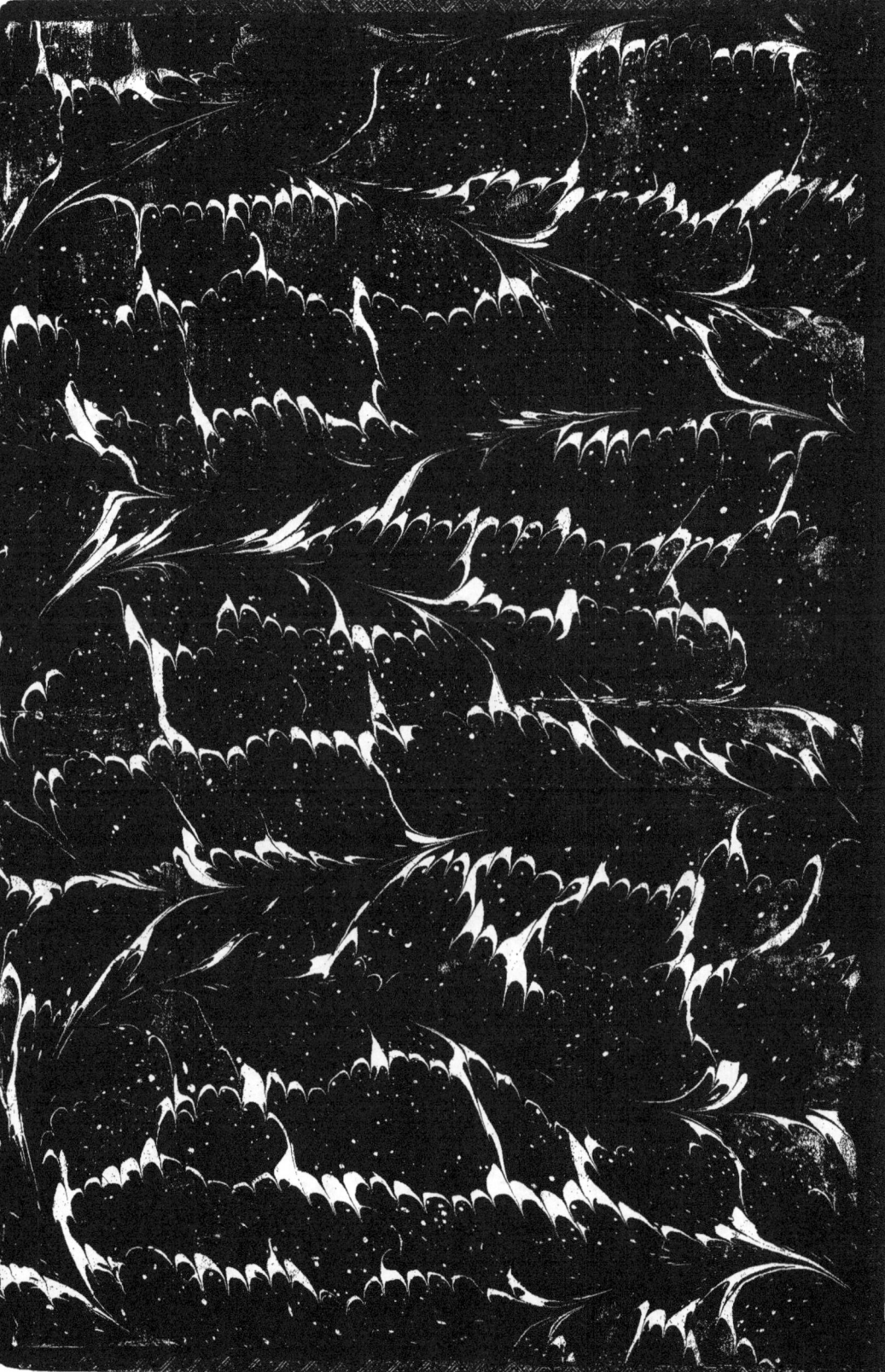